울림이 있는
　가슴의 소리

울림이 있는
가슴의 소리

김세종 지음

좋은땅

아마도 여행을 싫어하는 사람은 없지 않나 싶습니다. 그런데 여행을 하다 보면 여행에서 남는 것은 오로지 사진뿐이라며 사진 찍기에 바쁜 사람들이 있는가 하면 가는 곳마다 보고, 듣고, 느낀 바를 열심히 메모해가면서 여행을 즐기는 사람들도 있습니다.

독서도 마찬가지입니다. 그래서 가볍게 다독을 즐기며 책들을 진열하는 데 만족을 느끼는 사람들이 있는가 하면 한 권의 책을 읽어도 밑줄 치고 적어가면서 독서하는 사람들도 있습니다. 사실 독서는 가슴으로 책 속의 다양한 생각의 소리들을 듣는 일입니다. 그래서 때로는 내 생각과 다른 생각과의 생각의 충돌이 일어나는 가운데 새로운 깨달음을 거두어들임이 독서의 큰 즐거움이기도 합니다.

그런데 필자의 경우는 둔해서인지 읽고 나서도 저자가 독자에게 진정 가슴으로 전하고자 하는 메시지가 무엇인지 분명하게 듣지 못할 때가 많아 언젠가부터 한 권의 책을 거듭 읽는 습관이 생겼습니다. 그래서 거듭할 때마다 전에는 그냥 스쳐 지나갔거나 볼 수 없었던 활자가 새롭게 확대되어 가슴속으로 들려오는 경우가 적지 않습니다.

어느새 중년의 고갯길을 훌쩍 넘어섰습니다. 돌아보면 수없이

많은 오해, 오류, 편견, 자가당착 등으로 점철된 삶이었습니다. 그
럼에도 여기까지 올 수 있었음은 오직 은혜였음을 절감하고 있습
니다. 일상의 작은 일들은 물론 몹시 힘들고 어려웠던 일들까지
도 그 속내를 깊숙이 들여다보면 그 안에 나를 향한 하나님의 사
랑이 곳곳에 흥건히 배어있었음을 깨닫게 됩니다.

아내와 함께 웃고 울며 지낸 세월이 어느새 반세기입니다. 힘들
고 어려운 우여곡절이 적지 않았음에도 잘 참고 견디면서 서로 같
은 한 방향을 바라보면서 여기까지 올 수 있었음에 감사할 따름입
니다. 더 나이 들기 전에 지난 세월을 반추해 보며 그동안의 삶의
고백이 배어있는 간결하고 짧은 글들을 남겨 놓고 싶었습니다.
미흡하기 이를 데 없는 이 글이 독자들에게 어떻게 읽혀질지 정말
조심스럽고 두려운 일이지만, 아주 잠시라도 울림이 있는 가슴의
소리를 들을 수 있었으면 하는 바람입니다. 심히도 부족한 이 필
부와 함께하여 주신 모두에게 진심으로 감사드립니다.

저자 김세종

목 차

울림이 있는 가슴의 소리

그리운 금잔디동산

까마득한 옛적
코흘리개 시절
개구쟁이들과 함께 뒹굴고 재잘거리며
미끄럼 타고 연 날리며 뛰놀던
금잔디동산 너무 그리워
설레는 마음으로
반백 년도 넘어 길을 찾아 나섰습니다

세월의 흐름만큼
너무 달라져
대방동 14번지 주변을 아무리 둘러봐도
그토록 그리던
금잔디동산은 고사하고
비석마을 흔적마저도
찾을 길이 없어 한참을 서성거렸습니다

집에 와서도
그 허전함 달랠 수 없어
옛 기억 더듬어 가며

마을 집들이며
금잔디동산이며
그 아래편 들녘의 논두렁 밭고랑
밤이면 아낙네들 멱 감으러 가던 개천까지
정성스레 그린 그림
벽에 붙여 놓고 한참을 바라보다 잠들었습니다

갈수록 더 개인주의와 함께 이기적 풍조가 팽배하여
어찌나 영리하고 계산이 빠른지
꾸밈이 없는 순박한 사람내음 맡기 힘든 영악한 시대
이젠 숱한 세월이 흘러
지금은 어느 하늘 아래 살고 있는지 알 수 없지만
까마득한 옛적 개구쟁이 벗들과 함께하는 그 시간만큼은
꾸밈없는 사람내음
물씬 풍기지 않겠나 하는 생각만으로도
마음은 어느새 옛 동산을 향해 달려가곤 합니다

맑은 소리

세상 가득한
소리
소리
소리들

온통
혼돈의 소리들로 가득해
울림이 있는
진실의 깨끗한 소리
듣기 힘든 요즘
아침마다
창밖 나뭇가지에
이름 모르는 새들이 한 무리 몰려와
무슨 모임 하는지
저마다 재잘거리는 맑은 소리
듣기가 참 좋다
소음으로 탁해진 귀 맑게 해 주어
너무 좋다

푸르니 푸르구나

하늘이 참 푸르다
뛰어들어 헤엄치며 놀고 싶을 만큼
푸르고 푸르다
오늘따라 저 하늘이 저토록 푸름은
어쩜일까

오!
알 것 같네
내 마음이 푸르니 하늘도 푸르구나
가슴 한쪽 웅크리고 있는 것들
하늘 향해
토설하여 내던지고 나니
날아갈 것 같다

저 하늘도
이런 날 바라보며
푸름으로 기뻐하고 있는 것 같네

잘 죽기 위해

눈부신 은빛 비늘
연어 떼들이
거센 물살 거슬러 힘차게 뛰어오른다
고비 고비마다
몸뚱어리 너덜너덜해질 만큼
죽을힘 다해
거센 물살 거슬러 뛰어오른다
종족 보존 위해
본향에
핏줄 뿌려 놓고
죽기 위해
죽기 위해

죽을힘 다해 소명 이루고
잘
죽기 위해

내밀한 방

내 안의
미로 뒤에 숨어서
시시각각
변덕을 부리며
내 주인 노릇 하려 하는
내 안에
겉으로 드러나지 아니한
또 다른 나

내 안 깊숙이에
내밀한 방
그곳은
나와 또 다른 나의
은밀한 거래처
격렬한 전쟁터
내 정체가
여지없이 드러나는 곳

살아냄의 이유

두어 해 전
싸락눈발이 날리던 날
창밖을 내다보며
또 한 해가 이렇게 저물어간다며
숨을 길게 몰아쉬던
그 사람

왜 이 길을 걸어가야 하는지
아직도 그 이유를 잘 모르겠다면서
살아있기에
여기까지 왔는데
또 그렇게
한 번도 가보지 아니한 이 길을
걸어가야 할 판이라던
그 사람

해가 바뀌고
나이가 들어가면서
본질의 물음들이

자기 안에 더 밀려 들어오고 있다면서
창밖을 바라보던
그 사람

언젠가 삶이 끝나는 날
이 길 끝에서
호흡은 끝나도 귀는 얼마간 열려있다는데
그때 내게 들려오는 소리가
살아감은
살아지는 것이 아닌
살아내는 것이어야 함에 대한
물음들의 진정한 답이 아니겠냐며
동의를 구하듯
내 얼굴을 빤히 바라보던
그 사람

지금은 이승을 떠난
그 사람
어디에서 어떻게 지내고 있는지

내 안에 갇혀있는 나

잠시만 방심하면
어느새
나는
내 안에 갇혀버리곤 했다

나로부터 벗어나지 못하고
그 벽 안에서
보고
듣고
생각했다

수없이 많은
오해
오류
편견
자가당착으로 점철된 삶이었다

그 벽을 뛰어넘지 못하고
내 안에 갇혀

가까이에 있는데

늘 가까이 거기에
있는 것들
보이는 것들
한참 바라보니 소중한 것들이었네

늘 가까이 거기에
있는 것들
보이는 것들
한참 바라보니 많은 걸 배우게 하네

감사를
기쁨을
사랑을
행복을

가까이에 있는데
그걸 몰랐네

나는 국화가 더 좋은데

아내가 거울을 보며 종종 푸념을 할 때가 있다. 나이는 속일 수 없는 듯 늘어나는 잔주름에 마음이 허허한 모양이다. 그 나이에는 자연스럽게 있는 편이 더 좋아 보일 수도 있다고 했지만, 아내는 펄쩍 뛰며 아니란다. 여자들 마음이란 다들 그렇거니 싶어서 그래도 당신은 나이에 비해 젊어 보인다고 말해주었지만, 자기 눈에는 주름이 자글자글한 할머니처럼 보인다고 투정이다.

예전에 유난히도 하얗고 탄력이 있던 그 얼굴은 간곳없고 여기저기 잔주름이 자리를 잡아가고 있다. 하지만 그것을 마냥 세월의 흐름 탓으로만 돌리기에는 마음에 걸리는 기억들이 너무 많다. 그래서인지 요즘 들어 곤히 잠들어 있는 아내 얼굴을 물끄러미 내려다보곤 하는 예전에 없던 버릇이 생겼다. 아무튼 여기 이 사람처럼 표정관리 서툴고 분위기 잘못 맞추는 남정네도 아마 없을 듯싶다. 그래서 이 투박한 질그릇 같은 남자하고 살면서 거기에 따끈따끈한 것으로 채워주는 일은 늘 아내의 몫이었다.

밝은 성격의 아내는 참 웃기를 좋아한다. 그런데 요즘은 너무 많이 웃으면 주름살 생긴다면서 한바탕 웃고 나서는 꼭 손바닥으로 지긋이 눌러대곤 한다. 그래서 언젠가 아내에게 "나는 화려한 백합보다 은은한 향기의 국화를 더 좋아한다."라고 넌지시 이야기해주었지만 여전하다. 곰곰이 뒤돌아보니 아내도 분명 자신을 아름답게 가꾸고 싶어 하는 한 여자일진대 그런 생각은 잊은 채. 그저 나와 일평생을 함께하는 동반자로만 생각하면서 무심하게 살아온 것은 아닌가 싶어 미안한 마음이 들었다.

아내 생일날 꽃집에 들러 국화 몇 송이를 싸 달라고 했다. 하지만 생전 처음 해보는 일이라 그런지 쑥스러워서 아내 앞에서도 한참을 등 뒤에 가린 채 내어놓지를 못하고 머뭇거리다 멋쩍은 얼굴로 식탁 위에 슬며시 내려놓았다. 남편이라는 사람한테서 생전처음으로 꽃을 받아본 아내는 마치 대학에 합격한 소녀처럼 좋아했다. 너무 웃으면 주름살 늘어난다는 사실도 잊었는지 그때만큼은 계속 싱글벙글하며 입을 다물지 못했다.

당신은 웃고 있었지

언제나 늘
당신은
웃고 있었지
가슴 흠뻑 적시는
슬픔
출렁거리는 눈물
함박꽃 같은 웃음으로
감추고
견디며
언제나 늘
당신은
웃고 있었지

속살 찢어지는
아픔
금방이라도
쏟아질 것 같은 눈물
이젠 그만
하늘나라 가고 싶을 만큼

힘들었지만
함박꽃 같은 웃음으로
삭히며
언제나 늘
당신은
웃고 있었지

벗

우리는 아름다운 벗이어라
옛날 옛적부터
오늘
그리고 먼 훗날까지

우리는 사랑하는 벗이어라
나는 너를
너는 나를
몹시도 좋아하였어라

우리는 축복받은 벗이어라
주 하나님이
우리 두나를
하나로 짝지어 주시었음이어라

민들레의 미소

현관계단 갈라진 틈 사이에
비좁고 척박함도 마다 않고
한 생명이 바람타고 날아와
어느 결에 둥지를 틀었는지
민들레가 고갤 불쑥 내밀고
집주인에게 좀 봐달라는 듯
배시시 웃으며 인사 하길래
걸음 멈추고 쪼그리고 앉아
한참 들여다 보며 생각했다
바람 부는대로 마다치 않고
있는 힘을 다해 뿌리내리고
꽃 피우는 민들레의 미소를

눈빛

눈
눈빛
저만치에서도
단박에 알아볼 수 있는
눈
눈빛
아무 말 없어도
그 마음
단박에 알아볼 수 있는
눈
눈빛
그 안을
찬찬히 들여다보면
숨길 수 없는 진실을 담고 있는
눈
눈빛
내게로
스쳐간 눈빛 하나로
희열을

번뇌를
슬픔을
가득하게 하기도 하는
눈
눈빛
마음의 창

신비의 묘약

누가
날 미워한다길래
눈 가리고
귀 막아도
여전히
내 안에서
보이고
들리어
나도 그가 슬며시 미워지네

그래서
언제나 늘
내 곁에서 날 지켜보고 계신 분께
어쩌면 좋으냐고
상한 마음으로 투정부렸더니
이 바보야, 사랑을 해 봐
그럼
안 보이고
안 들릴 거야 하시네

정말인가 싶어
마음 단단히 고쳐먹고
사랑하니
정말 그러네
게다가
날 미워한다던
그도 날 사랑한다네

그분
껄껄 웃으시면서
사랑은 신비의 묘약이란다

빗속의 우리 집

가을비가 내린다
우산도 없이 주룩주룩 내리는
빗속을 걸었다
센티멘털이 아니다
그냥 빗속을 걷고 싶었을 뿐이다
찾아온 비바람을
피하지 않고 그냥 그대로 맞아들이고 싶었다
외부의 시선을 가리고자
모자를 푹 눌러쓴 채 걸었다
몸뚱이에 빗물이 축축하게 스며들면서
한기가 으슬으슬 몰려왔다
내 안에선 나를 향해
'너 지금 뭐하고 있는 짓이냐'며
질타하는 소리가 들려오기 시작했지만
빗속의 걸음을 멈추지 않았다

저만치에 집이 보였다
사십 년을 살아온 내 집, 아니 우리의 집이 보였다
그리고 저 집엔 지금 따뜻한 밥을 해 놓고

날 기다리고 있는 사람이 있다
평생 날 바라보며 웃고 울며 살아온 사람이
지금 날 기다리고 있다는 생각에
주저 없이 빗속의 걸음을 멈추고 집 앞에 다가섰다

따뜻한 물로 얼른 씻고
따뜻한 밥과 국으로 빈속을 어서 채워야겠다

다시 오마고 떠난 님

날 살리려
물과 피 다 쏟고
죽기까지
날 사랑해준 님
영원히
함께할 처소 예비한 후
다시 오마고
초연히
본향으로 떠난 님

언제라도
등불 밝혀 들고
달려 나가
님 맞이할 마음 가득 담고
그날
부끄럽지 않으려
몸과 맘 정갈하게 여미고
밤새
님 그리워하네

외침

캄캄한
어둠에서도
지독한
아픔에서도

보고자
외치면
보이는
빛

듣고자
외치면
들리는
소리

그
빛
소리
삶의 이유

맨날 바보같이

맨날
달라고만 했네

주심을
담을
그릇도 없이

맨날
달라고만 했네

은총을
담을
겸손과
감사로 만들어진
그릇도 없이

맨날
달라고만 했네

맨날
바보같이

애비야

해를 거듭할수록 기억에서 아득하게 멀어지련만, 가신 님 생전
의 모습이 오히려 더 생생하게 뇌리에 파고든다. 그리곤 그 사무
침에 못 이겨 적막동산으로 향하곤 한다. 물론 그곳에 가신 님의
영혼이 머물러 계시지는 않을 테지만, 그분들의 뼈가 묻혀있다는
사실만으로도 내게는 자주 찾을 수밖에 없는 충분한 이유가 된다.

그곳은 언제 찾아보아도 오직 그곳에서만 느낄 수 있는 깊은 정
적이 있다. 수많은 무덤들의 깊은 침묵은 어떤 전율을 느끼게 할
만큼 긴장감을 주기도 하는데, 어쩌면 그곳이야말로 피조물인 인
간에게 가장 엄숙하고도 소중한 교훈을 가르쳐주는 현장이 아닌
가 싶다.

이제는 퍽 오랜 세월이 지나 가신 님의 백골마저도 이미 진토가
되어있으련만, 그 언저리에 팔베개를 하고 누워있노라면 어느새
어버이 품속 같은 포근함에 빠져들게 된다. 어쩌다 건너편 골짜
기에서 울어대는 이름 모를 새소리가 고요함을 깨우고 메아리치
기라도 할라치면 생전의 그 낭랑한 음성이 함께 어우러져 들려오
는 것만 같다.

그래서 가신 님 육신이 묻혀 누워계신 머리맡을 어림잡아 요쯤
인가 싶어 그 부근에 살며시 얼굴을 기대고 한참을 귀 기울여 보

았지만, 아무런 대답도 없으시고 깊은 정적 속에 오히려 가신 님의 옛 모습만 더욱 선명하게 떠올라 울컥 눈자위를 붉어지게 한다.

　돌이켜보면 그분들에게는 이 아들이 전부였는데 내게는 그분들이 전부가 아니었음을 이다음 하늘나라에서 만나면 어떻게 고개를 들고 고백해야 될지 모르겠다.

　"애비야, 너 건강은 좀 어떠냐. 이 어미는 늘 그게 걱정이다." 생전의 말씀이 생생하게 들려오는 것만 같다.

난 사랑했는데

난 사랑했는데
자긴 사랑받지 못했다네
난 꼭 품었는데
자기를 내쳤다네
어쩌면 좋지
속상하고
쓸쓸해지네

야단칠까
때려줄까
아니야, 그럼 더 삐칠 거야
어쩌면 좋지
살며시 들려오네
자식은
그냥 기다려야 한다고

눈물

눈물
펑펑
쏟고 나면
마음이
맑아진다
켜켜이 쌓인 것들
씻겨
속 깊은 진실
맑게
보인다

눈물이
골을
맑게
메워간다

엎드림

당신께 엎드림으로
하루가 시작됩니다
당신께서
나를 사랑으로 구별하여 놓으시고 만드셨기에
나보다 나를 더 잘 아시고
나보다 나를 더 많이 사랑하시므로
당신께 엎드림으로
하루를 시작합니다

당신께서
나를 빚어 놓으시고
영혼의 생기 불어넣으셨기에
내가 누구인지
왜 만드셨는지
어떻게 쓰여져야 하는지도
잘 알고 계시기에
당신께 엎드려
묻고 귀를 기울입니다

당신께 납작 엎드려
감사드립니다.
나에게 당신의 사랑 전부를 쏟아부어
거듭나게 하여주시고
잠시도 쉬지 아니하고 굽어 살피시면서
오직 은혜로
날 지켜주시며 여기까지 오게 하신
그 큰사랑 앞에
나는 엎드릴 수밖에 없습니다

웃다가 울고 울다가 웃고

그 큰사랑 너무 기뻐
웃다가 울고
울다가 웃고

그 은총 너무 놀라워
울다가 웃고
웃다가 울고

그분 만남 너무 감사해
웃다가 울고
울다가 웃고

생각만 해도 밀려오는 감격
울다가 웃고
웃다가 울고

웃음 울음 펑펑 쏟아내게 한 영영 잊을 수 없는
그 기쁨
그 감격

이런 내가

나를
가장 많이 힘들게 한 자는
바로 나

나를
가장 많이 아프게 한 자는
바로 나

나를
가장 많이 그르치게 한 자도
바로 나

이런 내가
나를
끌고 가려 하네

빗소리

잠을 깼다
주룩주룩 빗소리가 난다
금년엔 유난스레 비가 자주 많이 온다
옛적
어린 시절 살던 집
함석지붕은
빗소리가 정말 요란스레 들렸다
어디 그뿐인가
주룩주룩 빗소리만큼이나
천장 여기저기서 새는 빗물받이 그릇 옮겨 놓기에 바빴던
그 시절은
그래도 그런 것들을 당연한 삶의 애환인 줄 알고
꾀 안 부리고 함께 웃고 울면서 열심히 살아가는 모습들이
이 어린 녀석의 눈에도 확연하게 보였다
그리고
세월이 한참 흐른 지금
뒤돌아보면서
배불러 버리는 것들이 너무 많은 지금보다
배고팠던 그 시절이

한결 더 훈훈하고 풍요로웠던 세상처럼 느껴짐이
어이한 일인가 싶어
숨을 길게 몰아쉬며 어둑한 허공을 바라본다

진실한 웃음

그가
웃고 있다
죽음을 사전 통고 받은 후
비로소
인생을 배웠다면서
감사하며
그가
웃고 있다

고통은
인간을 인간으로 더 크게 한다
잰걸음으로 다가오는
죽음 앞에서
순간순간의 소중함에
감사하며
그가
웃고 있다

진실한 웃음

그 배후에는 고통이 있다
애통의 아픔 뒤
웃음이
진정한 기쁨을 준다
죽음 앞에서
그가
웃고 있다

가신 님 그리워

가신 님 그리워
적막동산 오르니
이제는 진토 되어 있을
가신 님 봉분 위
이름 모를 작은 풀꽃들
앙증맞게 피어있네
살아생전
육신의 진액까지도
다 빠져나가
뼈마디 서걱서걱할 만큼
자식 사랑 극진하시더니
지금은 백골까지라도
진토 되어
작은 풀꽃들 끌어안고
밑거름 되어주심 바라보면서
살아생전 그 앞에서
사랑한단 소리
한 차례도 못한 멍텅구리가
염치도 없이

허연 머리 청승 떨며

뜨거운 눈물

왈칵

쏟고 있네

그리운 웃음소리

깨알 바스러지는 웃음소리
너무 그리워
까르르 웃음소리 들리던 쪽
한참 바라본다

바스러지는 웃음소리
대신
깊은 적막
코끝 찡하게 한다

사랑하는 자여
언제쯤
언제쯤
까르르 웃음소리 들려줄 거냐

언제쯤
언제쯤이나
치유돼
마음 문 여는지

까르르 웃음소리
너무 그리워
밤새
기도한다

영혼의 어울림

오래 전부터 말하는 습관을 고치고자 했지만 그것이 참 잘 안 되고 있다. 퉁명스러우면서도 직설적인 화법으로 본의 아니게 오해를 불러온 경우가 적지 않았다. 그래서 꼭 필요한 경우가 아니면 말을 하지 않으려 하고 있지만, 이 또한 쉽지 않은 일이다. 사실 말을 안 해서 후회하기보다 말을 해 놓고 그것 때문에 후회한 경우가 얼마나 많은지 모른다. 말을 배우는 데는 두어 해밖에 안 걸리지만, 침묵을 배우는 데는 육십 년 걸린다는 말의 취지는 그만큼 침묵의 경지에 이르기가 쉽지 않다는 이야기일 것이다.

진정 가슴으로 하는 말이 있기까지에는 침묵이 필요하다. 깊은 침묵의 성찰이 있었을 때에야 비로소 서로의 마음이 하나로 모아지고 진실이 교감될 수 있거니와, 따라서 상대를 향한 바른 언어를 찾을 수 있기 때문이다.

그런데 그 침묵은 입으로부터 시작되지만 자신의 전 존재가 함께 침묵할 때 비로소 제대로 된 침묵이라 할 수 있을 것이다. 부연하면 입과 함께 마음도, 생각도, 눈도, 귀도 모두 다 침묵에 참여해야 진정한 침묵이 되지 않겠나 싶다. 그리고 그 침묵의 핵심은 사실 기다림에 있는 것이다. 그렇게 되었을 때 그 기다림은 상대를 향한 사랑의 또 다른 강렬한 표출이기도 하다.

그런 까닭에 침묵은 사실 소극적이 아닌 매우 적극적인 행위로서, 그 침묵은 영혼을 얼마나 맑게 해주는지 모른다. 그래서 그 투명한 영혼의 조명은 마주하는 눈빛만으로도 상대의 가슴속 깊은 곳에 무엇이 흐르고 있는지를 알게 된다. 그것은 진정 가슴으로 하는 단순한 대화의 수단에 그치는 것이 아니라 영혼의 어울림이기도 하기 때문이다.

여백

버렸다.
버린 만큼 여백이 넓어졌다
그만큼
마음도 넓어진 듯하다
뒤를 돌아보았다
여백이 없는 삶이었다
상념으로 빼곡 채워진 시간들이었다.
버림이 없는 삶이었다
빼곡 채워진 것들에 가리어 보지 못한 것들 너무 많았다
이제서라도
버림으로부터의 깨달음이
너무 감사하다

끝과 시작

땅의 끝
몸을 돌리면
땅의 시작

여기가 끝
생각을 바꾸면
여기가 시작

삶의 끝
마음을 비우면
삶의 시작

죽음은 끝
하늘을 바라보면
죽음은 시작

끝
돌이키면
시작

목련의 눈물

어느 날 무심코
뜰 안 목련의 밑동을 잘랐다
그리고 며칠 뒤
밑동 잘린 목련의 눈물을 보았다
그루터기 위 그렁그렁 고여
줄줄 흘러내리는 물줄기
그것은 분명
무참하게 잘려버린
한 생명의 처절한 눈물이었다
어떻게든 살아보고자 하는 필사적인 몸부림이었다
한 생명을
무참하게 짓밟아버렸다는
자책의 외마디가
가슴을 뻐근하게 하는 통증으로 다가왔다
어쩌면 통렬한
아픔의 기억 속에서만 보이는 광경일 게다
결국 목련은 며칠 뒤 죽었다

나는 나를 잘 보지 못한다

보인다
아는 만큼
생각한다
보이는 만큼
살아간다
생각하는 만큼

잘 보지 못한다
내가 나를
잘 생각하지 못한다
내가 내 안에 갇혀있음을
잘 살아가지 못한다
내가 내 안에 갇혀있는 만큼

남내린 쟁취

소유한 그것에
소유되고
의지하고 있는 그것에
나를 묶어 놓고
자유를 갈망하는
나를 본다

마음에서 잘 버림으로
마음을 잘 지켜내고
마음을 잘 지켜내므로
마음에서 잘 버릴 수 있는
자유
그것은 담대한 쟁취다

사람꽃 축제

화창한 봄날의
꽃 축제
꽃구경 나온 사람들로 가득했다
화사한 옷차림에
꽃구경하며
저마다 웃음꽃들로 만발했다
오랜만에 보는
사람꽃들 너무 행복해보였다
어린이
젊은이
늙은이 가릴 것 없이
활짝 웃는 모습들 너무 예뻤다
사람꽃 축제 같았다
이처럼
언제 어디서나
사람꽃들 가득한 세상 되면 얼마나 좋을까 싶었다

새로운 만남의 기쁨

무슨 사연 때문인지
길가 쓰레기통에 거꾸로 처박힌
장미 꽃다발을 주워 와
화병에 꽂았다

누군가에 의해
냉혹하게 내팽겨졌다는 사실도 잊었는지
꽃다발은 예쁘고 환한 얼굴로
어둑한 방 안을
한결 밝게 해주었다

내던져 찢겨진 아픔
새로운 만남의 기쁨으로 치유된 듯
활짝 웃고 있다

찬란하게 밝아짐의 희망

방금 전까지 세차게 퍼붓던 소나기가
거짓말처럼 그치고
갈라진 먹구름 사이로 내리꽂는 빛줄기가
황홀할 만큼 찬란하다
땅덩어리로 쏟아지는 일직선의 광채들이
딴 세상을 만든 것 같다
먹구름 틈 사이로 언뜻언뜻 보이는
코발트 빛깔 창공을 향해
침울했던 땅덩어리가 온 힘을 다해
목청껏 함성을 지른다

하늘이여
당신이 있는 한
우리에겐 찬란하게 밝아짐의 희망이 있습니다

까까머리의 다짐

학교 시간 끝나기 무섭게
곧장 달려가
신문 뭉치 옆에 끼고
흑석동, 노량진, 본동 골목골목을 헐떡거리며 뛰어다녔다
그리고
집에 돌아와선
물지게 지고 산동네 비탈길 몇 번씩 오르내리며
물독에 물 가득 채워 놓고는
행상 나간 엄마 대신
밥 지어
큼직한 주발에 수북이 담고
고추장 듬뿍 넣고 썩썩 비벼 들거나
얼큰하게 수제비 끓여
콧잔등에 땀방울 송골송골 맺히도록
배불리 들이키고
혼자만의 공간인 좁디좁은 골방 들어가
큼직하게 써서 붙여 놓은
'百折不屈' 바라보며
아무리 힘들고 어려워도 비굴하게 살진 않겠다고 다짐하던

까까머리 학창시절의 그 기개

부딪치고
넘어지고
얻어맞으면서도
안간힘을 쓰며 견디고 버티어왔던 그 다짐
그러나 결국은
거대한 힘 앞에서 나 옳음만 믿고 겁 없이 홀로 맞서다
감내하기 힘든 좌절의 고통 직면하고
이유야 어찌되었든
세상은 이긴 자 편에 서 있다는 그 처절함 앞에
유배된 자처럼 되어
창밖의 하늘 바라보며 펑펑 눈물 흘려야 했다
너무 많이 힘들게 한 가족들에게
한없이 빚진 자 되어 숨죽여 탄식하며 지내던 어느 날
등 뒤로 살며시 다가와 끌어안으며
아무리 힘들어도 비굴하게는 살지 말라며 위로해주던
아내의 그 말이
죽는 날까지 잊을 수 없을 만큼 고마웠다

세월 흐르고 허연 머리 되었어도
옛이야기 잊지 못하고
곤히 잠들어 있는 아내의 초췌해진 얼굴 들여다보며
빗진 자의
깊은 상념에 빠져들곤 한다

펑펑 울어라

울어라
펑펑 울어라
목 놓아 펑펑 울어라
가슴이
뻥 뚫려지도록
하늘에서도 들리도록
울어라
펑펑 울어라

너를
만드신 분
펑펑 울음소리 듣고
달려와
너를
힘껏 끌어안아
힘주고
피난처 되어주시리

아름다운 승화

몇 해 전 갑작스럽게 남편을 먼저 떠나보낸 지인을 지켜보면서, 사랑하는 사람을 이승에서는 영영 볼 수 없는 곳으로 먼저 떠나보내고 남은 자의 슬픔을 보았다.

그렇다. 이별은 슬픈 일이다. 더군다나 자신의 반쪽이 떨어져나간 자의 슬픔을 그 누가 감히 짐작이나 할 수 있겠는가. 그로부터 수개월이 지나가고 해가 바뀐 어느 날 저녁의 모임에서 "집을 나설 때도 들어설 때도 늘 남편과 함께하고 있다."라고 담담하게 말하는 그 아내의 소리는 극도로 절제된 절규처럼 들려왔다. 그리곤 정면을 응시하고 있는 그 여인에게서 뼈마디가 서경서경할 만큼의 절절한 그리움으로 흠뻑 배어있음을 볼 수 있었다.

사실 하늘나라에서 다시 만날 날이 기약되어 있는 자들에게는 영원히 만나지 못할 이별은 없다. 다만 그 이별은 이승에서의 이별일 뿐이다. 그럼에도 불구하고 그 이별이 그토록 슬픈 까닭은 이제부터 다시는 그의 다정한 목소리도, 따뜻한 숨결도 느낄 수 없다는 사실 때문일 것이다.

그런데 그보다 더 서러움의 통증을 느끼게 하는 부분은, 이 땅위에서 함께 살아가는 동안에 고인을 좀 더 사랑해주지 못하고 떠나보낼 수밖에 없었다는 회한으로 점철된 소회에 있지 않겠는가 싶다. 왜 우리는 이토록 이별의 시간이 있은 후에야 비로소 그와의 사랑이 얼마나 깊었는지를 알게 되는지 모르겠다.

정말이지 소중하게 생각했던 사람의 죽음은 감내하기 힘들 만큼 고통스러운 일이다. 그러나 그 죽음으로 인한 이별이 그 관계까지도 끝났음을 뜻하는 것은 아니다. 비록 그가 그렇게 떠났지만 그에 대한 사랑을 변함없이 가슴에 담고 살아간다면 오히려 그들의 관계는 더 아름답게 승화될 것이다. 이별 그 상실의 아픔은 고통스럽다. 그러나 그것은 그 빈자리를 깨달음으로 채워주고 받아들임을 위한 태동이 아니겠나 싶다.

어머니

삶의 이유가
오로지 이 자식뿐이었던
어머니
육신의 진액 다 빠져나갈 만큼
모든 것 다 주고도
더 해주지 못한 안타까움으로
죽는 날까지
안쓰러운 눈빛으로 날 바라보시던
그 눈길
생각만 해도
눈물 왈칵 솟아오릅니다

찌들고
오그라들어
한 줌밖에 안 될 것 같은
어머니 품이
나이 들고
허연 머리 되어
그다지도 넓고 넓어 보임은

어이한 심사인가
그래서
그 품에 얼굴을 묻고
펑펑 소리 내어 울고 싶어짐은
이제야
한 자식으로
철이 좀 들어가는 징조인가 봅니다

급히 달려가
어머니 붙들고
짐승처럼 울어댔지만
인생살이 너무 힘들고 피곤했었던지
미동도 없이
깊이 잠들어 계시던 어머니
지금도
하늘 저편에서
날 위해 기도하고 계실
어머니가
정말 그립습니다

모두모두 가네

가네
가네
세월은 가네
봄, 여름, 가을, 겨울, 뜀박질하듯
세월은 가네

가네
가네
사람들도 가네
가는 세월에 뒤질세라
사람들도 가네

가네
가네
아침 안개 걷히듯이
잠시 머물다
모두 그렇게 가네

가네

가네
가는 사람들 붙들고
묻고 싶네
어딜 그리 바삐 가느냐고

가네
가네
나도 가야 하네
내게 큰 은총 베풀어준 분이 부르시면
약속해주신 그곳으로

길고 긴 기다림의 지평

여기까지 오기에도 버거웠는지
가쁜 숨을 몰아쉬며
걸음 멈추고 주저앉아 골똘히 생각하던
그 사람은
다시 일어나 걷기를 시작하면서
자신을 향해 묻는다
넌
지금 어디를
거기엔 왜
환희와 애달픔의 언어들이 뒤엉켜
뇌리에 가득해진다

어디쯤 와 있는지
얼마만큼 더 가야
돌이킴으로
마주 오는 그를 감사와 기쁨으로 만날 수 있을지
알지 못한 채
가야 하는 길이기에
우직스럽게

묵묵히
길고 긴 기다림의 지평을 걷고 있는
그 사람

사람을
사람의 마음을
기다리고 기다림으로 점철된 지평
그것이
삶 그리고 사랑

소리 없는 큰 외침

그토록 간절하게 부르고 부르짖어도
그분은 침묵이시다
도와주심을 그토록 애타게 간청해도
그분은 침묵이시다
왜 아무 대답도 없느냐고 울부짖어도
그분은 침묵이시다

날밤을 꼴딱 새운 어느 새벽녘
너는 나를 믿느냐
나직하게 들려온 또렷한 음성에
소름 돋는 경외함으로
더 납작 엎드림 위에 밀려오는
그분의 극도로 절제된
소리 없는 침묵의 큰 외침 앞에서
눈물 펑펑 쏟아냈다

작은 가슴

봄으로부터 벗어나
아무것도 볼 수 없음으로 있고 싶을 때가 있다

들음으로부터 벗어나
아무것도 들을 수 없음으로 있고 싶을 때가 있다

앎으로부터 벗어나
아무것도 알 수 없음으로 있고 싶을 때가 있다

보고
듣고
알고 있음을
품고 삭히기에는
가슴이 너무 작아 몹시 고통스러울 때가 있다

바보같이

정말 몰랐네

지금까지도 찡한 아픔으로
남아있다는
자식들의 아픔

그냥
모른 체할걸
왜 알고 있다 했는지

그냥
격려만 해 줄걸
왜 남들과 비교했는지

그냥
기다려 줄걸
왜 꾸짖음을 했는지

그래서
상처 난 어린 시절 아픔이
장년이 된 아직도

마음 한구석에서 서성이는 아픔인 줄
정말 몰랐네

사랑하는 자식 위한답시고
어설픈
이 아비에게는 기억도 없는
말 한마디가
자식들 마음에 큰 아픔으로 남아있을 줄
정말 몰랐네

그냥
웃으면서
꼭 품어 줄걸

그냥
바라보면서
기도만 해 줄걸

사랑을 하면서도
사랑하는 기술에 너무 서투른
이 아비
용서해 다오

생각의 여행

자아로부터 일탈의
해방감
나와 다름을 만나는
신선한 즐거움
나와 다름과
자아 사이
저만치에 나를 세워 놓고
나와 다름의
눈으로
나를 바라봄의 진지함
생각의 충돌 뒤
거두어들이는 깨달음의 기쁨
그리고
또 다른 나와 다름을
찾아나서는
독서라는 이름의
생각의 여행

아름다운 광경

종종 찾는 온천장에서의 광경이다
이순이 훨씬 넘은 듯한 아들과 연로한 아버지는
함께 탕 안에 들어가서도
탕 밖에서 서로 등을 밀어주면서도
아주 오래된 친구 사이처럼
미소를 잔뜩 머금은 채 두런두런
다정하게 이야기를 나누는 모습이 너무 좋아 보였다
귀가 어두우신지 가끔은 되묻는
부친의 귀에 대고 뭐라 하면 그걸 듣고
활짝 웃는 아버지와 그 아버지를 바라보며
함께 웃는 아들이 너무 행복해 보였다
정말 눈이 시리도록 아름다운 광경이었다

아버지는 중풍으로 끝내는 용변까지 가리지 못하는
누추한 모습으로 말년을 보내야 했다
추운 겨울 온통 뭉개 놓기라도 하면
왜 그렇게 짜증이 낳는지, 씻기기 위해 벌거벗겨진 몸으로
오들오들 떨고 있는 아버지의 모습을 볼 때마다
내 아버지는 왜 이래야 하는지 참 많이 우울했다

천덕꾸러기 아닌 천덕꾸러기 신세로 수년을 보내야 했던
아버지는 결국 그 가슴속에 묻어둔 절절한 이야기를
맑은 정신으로 한마디도 못하고 가족들 곁을 떠나야 했다
좀 더 따뜻하게 보살펴 드리지 못한
죄책감을 죽는 날까지 가슴에 품고 살아가야 할 것 같다

갈수록 세상을 떠났다는 지인들의 소식이 자주 들려온다
그만큼 차례가 가까이 다가옴을 알려줌이다
뒤돌아보면
여러분들로부터 참 많은 사랑을 받으면서 살아온 삶이었다
그럼에도 사랑하는 일엔 너무 서투른 인생살이였다
이다음 하늘 저편에서 부르신 분이
어떻게 살다 왔느냐 물으시면 고개를 들지 못할 것 같다
불현 듯 그날은 반드시 찾아올 것이다

방금 부고가 왔다
살아생전 내게는 물론 주변 사람들에게
사랑을 참 많이 베풀어주셨던 분이었는데 세상을 떠났단다
아름다운 삶의 흔적을 남겨 놓고.

자기로부터의 탈출

사람들은 곧잘 '자기 자신에게 이기면, 모든 것을 이길 수 있다.' 라고 말한다. 그러나 그것이 말처럼 그렇게 쉽지가 않다. 자신의 생각을 근본적으로 바꾸는 일 그것은 참 힘든 일이다. 더군다나 그것이 자신의 일생일대 어떤 목적을 이루기 위한 것이라면 더욱 더 그렇다. 사실 그것은 자기 자신으로부터 탈출을 의미하는 것이기 때문이다.

우리는 여기에서 사용된 '탈출'이라는 용어에 초점을 맞출 필요가 있다. 자신의 목적 달성을 위해 자신이 그것을 끌어들였지만, 결국은 그것에 자신이 지배당하고 있음을 뜻하기 때문이다. 그리고 실제 자신이 소유한 그것에 오히려 소유되어 버려 그 늪에서 헤어 나오지 못하는 경우는 즐비하다.

사실 모든 인간은 어떤 형태로든 의지하고자 하는 것을 찾는다. 그리고 현실적으로 크게 의지되고 있는 그것에 스스로를 묶어 놓으려 하는 경향이 있다. 이에 따라 실제 자신을 구속하고 있는 것은 다른 누구도 아닌 자기 자신일 경우가 적지 않다. 그런데 문제는 이와 같이 자기 안에 갇혀 있는 자신의 모습을 스스로 발견하기가 참 어렵다는 데 있다. 더군다나 무언가 승승장구하고 있을 때에는 생각조차도 할 수 없는 일이다. 그래서 결국은 시련을 당하고 뼈아픈 고통이 있은 후에야 비로소 뒤돌아보며 뉘우치게 되는 경우가 허다하다. 필자 역시도 예외가 아니어서, 정말 감내하기 힘든 일을 당하고 암울하게 지내던 어느 날 창밖의 하늘을 보며 눈물을 펑펑 흘렸던 때가 있었다.

　자신의 인생을 정말 소중하게 생각하는 사람이라면 누구로 어떻게 살아가는 것이 자신을 가장 사랑하는 삶의 모습인가를 고민하지 않을 수 없을 것이다. 그리고 정말 가슴 깊이 절절하게 깨달았다면 그 사실만으로도 일단 변화의 출발선에 선 것이다.

　사람이 변화하면 먼저 그 자신을 행복하게 하는 조건부터 달라진다. 감사하고 기뻐하는 차원이 달라진다. 삶의 목적이 변화했기 때문이다. 그리고 그것은 무엇을 굳게 지켜야 하고, 어떠한 것을 단호하게 버려야 할 것인가의 분별의지로 표출된다. 다시 말해 자기로부터의 탈출은 자기를 버림이 아닌 자기를 지켜내기 위한 담대한 자기변화이다.

여전히 넌

당신께서
내 안에 들어와
함께하여주지 아니하시면
참 평안 누릴 수 없다며 간절히 찾는

너의 부름 소리에
나 속히 달려가 네 안 들여다보니
거기엔
나 들어설 자리 없이
너로 가득하구나

난
네 문밖에서 기다리고 있는데
여전히 넌
너에게 사로잡혀
움켜잡은 것들 내려놓지 못한 채
마음 비우지 못한 채
나 들어설 자리 만들지 못한 채
속절없이

날 부르고만 있구나
난 밤새
네 문밖에서
널 기다리고 있는데

여전히 넌

소리

소리
소리
깨어지는 소리
무너지는 소리
소리
소리
소리들

오,
너는 누구였느냐
지금은 누구냐
그리고 누구일 것이냐

내 안에서
세미하게 들려오는
소리
소리
소리들

머리와 가슴

머리와 가슴은
늘 다툼이 많다
가슴이 재촉할 때
머리는 이런저런 이유로 미룬다
가슴이 좀 더 기다리자면
머리는 그새를 참지 못하고 저지른다
말로는
가슴이 머리에게 이기질 못한다
이길 때는
가슴이 너무 뜨거워
머리가 감히 접근조차 못할 때뿐이다

웅대한 출구 앞에서

자궁문 열고 나와
울었다
내 영혼이 육신 장막 떠날 때에는
웃었다

이 땅 위에 태어나서
떠나기까지
머물렀던 육신 장막 벗어나
하늘본향 향한
웅대한 출구 앞에 서서
뒤를 돌아본다
울고
웃던
그 모든 것들이
지금 이 순간을 있게 하기까지의
섭리였음에 감사한다
그리고
자신의 차례를 기다리며 남아있는 자들에게
따뜻한 눈빛으로 작별인사 나누고

돌아선다
웅대한 출구 앞으로
활짝 웃고 있다

이것이
이 땅 위에서
내 마지막 장면이었으면 좋겠다

벽

바닷사람
해는
바다에서 뜨고
바다로 진다

산골사람
해는
산에서 뜨고
산으로 진다

모두
맞고
모두
틀리다

내 앎
내 옳음
내 확신의
벽

진실

인간의 격을 논할 때의 진실은
거짓이 아닌 참으로 명기되어 있는 사전적 의미만으로는
그 내용을 채우기에 충분치 않다
겉과 속이 같음을 참이라 할 때
그 같음이 겉과 속이 옳지 않음의 같음일 수도 있기에
진실의 충분조건은
옳음과 같음이 합쳐진 참이어야 한다

살피건대 진실은 포괄적 선을 대표하는 언어이다.
그럼에도 쉽사리 사용될 수 없음은
진실은 처세의 기술이 아니라 인격 그 자체이기 때문이다.
부연하면 진실의 가치는
어떠한 경우의 불이익이라도 감수하면서
진실이 그의 내면을 주도하고 있을 때 평가되는 것으로
그것은 가장 멋있는 삶의 모습이기도 하다

소중한 유산

이른 아침부터
아버지께서 일러주시는 대로
엎드려
소중한 밭
곰곰이 들여다보며
돌덩이 골라내고
잡초 뽑아주고
벌레 잡으며
은혜의 씨앗 뿌려 놓고
물 주고
거름 주지만
잠시라도 한눈팔면
어느새
고약한 훼방꾼
숨어들어
헤집고 다니며
분지르고
짓밟고
병들게 해

조심스레 일구어 온
마음 밭
엉망으로 망가트려 놓곤 하네

그럼에도
아버지는 여전히
죽는 날까지
평생 가꾸어야 할 밭이라며
새벽마다
내 발걸음 이끄시네
자손에게 물려줄
가장 소중한 유산이라면서

그럼에도 기다려야 한다

삶은
기다리고 기다림
갈망을 향한
길고 긴 기다림의 지평

누가
기다림은 아름답다 했는가
그대는 정녕
기다림의 고통을 아는가

길고 긴 침묵 속의
아픔
견딤
삭힘
버팀으로 점철된
기다림의 고통을 아는가

그럼에도
기다려야 한다

기다림은
모두를 이루어내는
적극적 의지의 아름다움이기에

곱창

　청년시절 사고로 크게 부상당했을 때의 일이다. 마취에서 깨어보니 의사들이 침대 주변에 둘러서서 내려다보고 있었다. 그리고 내 복부 위에는 불그스레한 살덩어리가 배 밖으로 나와 있었다.

　그래서 그걸 쳐다보며 무어냐고 물었더니, 그중에 한 사람이 빙그레 웃으며 "그게 바로 자네 곱창이라는 것이네."라며 짓궂게 대답했다. 곱창이라는 소리를 듣는 순간 기분이 좀 묘하긴 했지만 거기에 뒤질세라 "아, 이게 내 곱창이라는 겁니까."라고 되물으며 싱긋이 웃어주었다. 아마도 그 당시 젊음이 아니었더라면 그 같은 뜻밖의 상황 속에서 자신의 창자를 바라보면서 느긋하게 웃을 수 있는 여유와 용기가 과연 있었겠는가 싶다.

　아무튼 그때로부터 배 위로 드러낸 창자와 배 위에 꽂은 호수를 통해 대소변 받아내는 생활이 지루할 만큼 오래 지속되었다. 물론 대변을 받아내기 위해 거기에 비닐봉지를 반창고로 붙여 놓긴 했지만 땀 등으로 자주 떨어지는 바람에 늘 곤욕을 치를 때가 많았다. 항문을 통해서 배설될 경우에는 사전에 변의를 느껴 미리 알 수 있지만, 그 경우에는 예고도 없이 수시로 배설되기 때문에 급할 때는 손으로 막을 수밖에 없었고, 그러다 보면 손바닥은 온통 누렇게 물들어야 했고, 내 침대 주변엔 언제나 늘 배설물 냄새가 흥건히 배어있었기에 가족들 외에는 근처에 오기를 꺼려했다.

그런 그 병실 바닥에서 날마다 마음 졸이시며 긴긴 밤을 하얗게 지새우셨던 어머니를 생각하면 지금도 눈자위가 붉어지곤 한다.

젊음의 또 다른 이름은 '결코 꺾이지 않음'이라는 누군가의 말처럼 그래도 그 시절에는 높고 푸른 꿈과 힘과 용기가 있었다. 건강을 비롯한 미래의 모두를 전혀 예측조차 할 수 없었지만, 어떠한 상황이라도 헤쳐 나갈 수 있다는 투지와 청혼의 꿈을 설계하며 희망을 잃지 않았다.

게다가 내 생애 처음 아름다운 여인을 만나 내 인생 전부를 걸 만큼 불타는 사랑을 했었으니, 뒤돌아보면 그때 그 시절이 참 힘들긴 했어도 지금까지의 내 인생 가운데 가장 아름다웠던 시절이었던 것 같다. 그래서 요즘도 어쩌다 가끔 곱창 굽는 냄새가 진동하는 거리를 지나치기라도 할라치면 그때 그 시절 생각이 문득 떠올라 나 혼자만이 알 수 있는 웃음을 슬며시 짓곤 한다.

어쩌사고 민저 갔소

친구
보고 싶소
정말 보고 싶소
친구 세상 떠난 지 십여 년 세월 훌쩍 지나갔소
어쩌자고 그리 먼저 갔소
뭐가 그리 급해서
우릴 남겨두고 그리 먼저 갔소

친구
까까머리 학창시절
한 뼘 남짓 뼈대만 앙상하게 남은 한강철교 위로
친구와 함께 강을 횡단했던 추억이 생생하오
무섭지도 않은지 성큼성큼 앞서서 걸으며
겁에 질려 조심스레 겨우겨우 따라오는 나를 향해
함께 살고 함께 죽자고 외치던 당신
그런데
어쩌자고 그 약속 지키지도 않고
먼저 가버렸소

친구
친구가 장가들던 날
새색시 데리고
신혼여행도 가기 전
야간열차로 경상도에서 서울까지
맨 먼저 우리 집부터 찾아와
어버이 뵙고
새색시 인사시켜
모두를 아연실색케 했던
친구
친구의 죽음 소식을 듣고
끝도 없이
무리 지어 찾아오던 당신의 제자와 지인들을 보면서
친구의 삶이 어떠했었는지
다시금 숙연하게 확인할 수가 있었소

친구
보고 싶소
정말 보고 싶소

친구
옛적처럼
커다란 양푼에
보리밥 듬뿍 고추장 썩썩 비벼 가운데 놓고
함께
배불리 먹으며
파안대소해보고 싶소

친구
당신이
정말 그립소

창밖의 유월

유월입니다
유월의 하늘은 눈이 부시도록 푸르릅니다
싱그러운 녹음의 향기가 지천에 가득합니다
길 건너 교정에선 아이들의 상큼한 합창소리가 들려옵니다
그러나 그것은 창밖의 유월일 뿐입니다
그해 유월의 하늘도 푸르렀습니다.
그날의 햇살은 눈이 부시도록 찬란했습니다
그런데 나는
몽유병 환자처럼 되어
그날 그 뜰을 그렇게 나왔습니다
창밖의 유월은 찬란합니다
서경서경한 이 가슴속을 아는 듯 모르는 듯
창밖의 유월은 찬란합니다
그러나 그것은 창밖의 유월일 뿐입니다

그것이 사랑

내 모두를
잊어버리게도
잃어버리게도
할 만큼
대단한 위력
말로는 설명할 수 없는
신비에
빨려 들어가는 듯한
그것이 사랑
그러나 그것은
사랑에 빠짐이 아닌 의지적 사랑이어야 합니다

내 모든
계획도
지위와 명예도
그 어떤 것들까지라도
장애가 되지 않는
그것이 사랑
하지만

진실만큼은

잊지도

잃어버려서도 안 됩니다

자신을 지켜내고

그 사랑을

더 알차고 야무지고 아름다운 참사랑으로

더 여물게 함은

오로지

진실만의 몫이기 때문입니다

애통(愛痛)

이 한 해가 다 가기 전에
나 그대 만나고 싶소
이 한 해가 다 가기 전에
나 그대 사랑했노라 말하고 싶소
이 텅 빈 공간의 십이월은
몸속 깊은 곳까지 한기를 느끼게 하오
지금이라도 불현듯 그대 나타나
뻥 뚫린 이 가슴을 막아줄 수는 없소

이 한 해가 끝나기 전에
나 그대의 뜨거운 눈물 만지고 싶소
이 한 해가 지나고 나면
내 남은 기력 어찌 될지 나도 모르오
밤 깊도록 오들오들 떨면서
질퍽하게 젖은 눈으로
나 그대 기다리고 있는데
그대는 지금 어디에 있소

최고의 자유

삶의 여정 속에서
끊임없이 찾아오는 갖가지 상황과 환경들
그리고 그때마다 짊어져야 할
피할 수 없는
피해서도 안 될 버거운 짐들을
어떤 시각으로 바라보고
무슨 힘으로
어떻게 짊어지고
무엇을 이정표로 삼아
어느 길로
어디를 향해 가야
가장 정직하고 바른 삶의 발걸음이 될 것인지
매 순간마다의
그 선택은
어느 누구도 빼앗아 갈 수 없는
오로지
그 자신의 독자적 의지의 방식으로 결정해야 하는
인간으로서
가장 소중한 최고의 자유이자 책임이다

괜스레

괜스레
그가
자꾸 생각나네

괜스레
그가
자꾸 보고 싶네

괜스레
그의
마음 갖고 싶네

괜스레
그에게
마음 주고 싶네

괜스레
그와
함께하고 싶네

괜스레
그에게
마음 꽉 붙잡혀 있네

그를 향한
이 마음
괜스레가 아니었네
그 없이는
정말 못 살 것 같네

당신

당신이 내 가슴 불 질러 놓았을 때
당신을 사랑함이 숙명임을 알았습니다
당신의 모든 것을 사랑했습니다
당신의 아름다움도
당신의 눈물도
당신의 애절한 사연도
당신의 투정까지도
내게는 모두모두 사랑스러웠습니다

당신과 내가 하나로 짝지어졌을 때
당신은 내 분신임을 알았습니다
당신의 모든 것이 소중했습니다
당신의 함박꽃 같은 미소도
당신의 뜨거운 숨소리도
당신의 초연한 마음도
당신의 가슴앓이까지도
내게는 모두모두 소중했습니다

나 당신 사랑하고

당신 나 사랑하고
우리 두나 하나로 짝지어지고
세월 흘러 사십여 해
당신 고운 얼굴 잔주름 늘어가고
내 머리 반백 되었어도
당신의 모든 것을 사랑합니다
내게는 당신의 모든 것이 소중합니다

시월의 약속

시월입니다
난
시월의 약속을 잊을 수가 없습니다
그해 시월
우리는 약속했습니다
겹겹의 장벽을 헤치고 몸과 마음이 하나가 되기로

그리고 우리는
반세기가 흐르는 동안
흔들림 없이 같이 한 방향을 바라보며 살아왔습니다
당신은
모진 아픔과 고난 속에서도
의연하게
내게 힘과 용기의 버팀목이 되어 주었습니다

이제 세월이 흘러
나도, 당신도
늙어
옛 모습 찾아보기 힘들어졌지만

시월의 그 약속은
아직도 옛 모습 그대로
청청하게
두 눈을 부릅뜨고 우리 두 하나를 지켜보고 있습니다

시월의 약속을 잊을 수가 없습니다
그해
시월의 약속을

가슴 가득 담고 싶은 당신

아무것도 보이지 아니할 때
더 가까이
다가오는 당신

아무 소리 들리지 아니할 때
더 또렷하게
들려오는 당신의 음성

힘들고
어려울 때
더 깊이 알게 되는
당신의 사랑

내 안에
나보다 더
가슴 가득 담고
닮아가고 싶은 당신

침묵

무서울 만큼
긴 침묵
그러나 그것은
미지근함이 아닌 매우 뜨거운
의지의 표출
앙망하는 그로부터의
감정을 넘어
감동의 긴 기다림이다

침묵
침묵
침묵
그것은 그를 향한
절절한 기다림의 외침이다
사랑하는 까닭에

섭리의 도구

참으로 감내하기 힘들었던
고통
모멸
슬픔
통한
죽는 날까지
잊을 수 없을 것 같은
아픔들

하늘 향한
길고 긴 침묵의 부르짖음이 있던
어느 날
내 안으로 주체할 수 없이 밀려오는 감동의 물결이
죽고 싶을 만큼 힘들었던
나를
몹시도 부끄럽게 했다

그 모든 것들이
죽을 만큼

아픔의 충격이 아니면
좌절의 고통이 아니면
도무지 깨어지지 않을
자아 깨뜨려
나를
다시 만들어가고자 하는
섭리의 도구였음을 깨닫고
그 앞에
고개를 들지 못했다

신택의 역설

가끔 가족들로부터 얼굴이 어둡다는 소리를 듣습니다
그만큼 삶을 대하는 자세가
긍정적이지 않다는 이야기일 수도 있습니다
관련하여
얼굴 모양은 선택할 수 없어도
얼굴 표정은 선택할 수 있다는 글을 본 적이 있는데
삶은 결국 선택의 문제임을
극명하게 말해주고 있는 대목이라 생각됩니다

사실 삶은 선택의 연속입니다
그리고 그 선택은 자유의지의 몫으로
그 자유의지가 어디에 어떻게 예속되어 있는가에 따라
그 선택 또한 달라질 수밖에 없을 것입니다
이를테면
자신에게 주어진 생을 향해
얼마나 살아갈 것인가는 선택할 수 없으나
어떻게 살아갈 것인가는 선택할 수 있는 일입니다
부연하면
자신에게 찾아오는

상황과 환경을 선택할 수는 없지만
그 상황과 환경을 맞이하는
마음자세는 얼마든지 선택할 수 있는 일입니다

결국 선택은 자기 정체성의 문제로서
그 선택을 주도하는 자유의지가
긍정적이고 이타적 삶의 대열에 속하여 있을 때
진정
비움으로 채워지고
낮춤으로 높아지고
놓음으로 다가오는
선택의 역설을 만나게 됨으로
그 삶은
한결 더 햇빛 받은 아름다운 삶이 될 것입니다.

고난을 즐기는 지혜

매일 걷기 운동을 하는 도로 옆 개울의 물살이
지난밤 내린 비로 제법 세차졌다.
이럴 땐 늘 버릇처럼 거센 물살을 힘차게 거슬러 오르는
피라미 떼들의 광경에 푹 빠져들곤 한다
거세게 몰아치는 물살에 떠밀려 내려가지 않고
자신이 있어야 할 자리를 지켜내기 위해
그 작은 녀석들이 거대한 힘 앞에 도전이라도 하듯
세차게 휘몰아치는 탁류에 굽히지 않고 있는 힘을 다해
거슬러 오르는 모습을 보노라면
마치 자기에게 찾아온 고난을 즐기면서
극복하는 장면을 목격하는 것 같아 감동을 받게 된다

그래!
너희들이 이 혼탁한 시대 조류에 떠밀려 살아가는
사람들보다 낫구나

왜 이걸 몰랐지

자세를 낮추니까
하늘이 더 높아 보이네
낮출수록
모든 것들이 밑바닥부터 더 자세히 보이네
낮추니까
사람들이 나보다 더 커 보이네
낮아지니까
사람들이 내게 더 가까이 다가오네
낮출수록
부딪침이 한결 더 적어지네
비우고 낮아지니까
속이 참 편하네
낮아질수록
감사가 더 많아지네

낮아지니까
정말 좋네
왜 이걸 몰랐지

그렇지, 그렇게 그렇게 살았지

문득 내 안에서
내게
너는 어떻게 살아왔느냐
묻는 소리에
기억을 더듬어 뒤돌아보면서
생각했다

그렇지
그렇게 살았지
뭐 하나 제대로 이뤄 내놓을 만한 것 없이 그렇게 살았지
그렇다 해서
해보고 싶은 걸
즐기고 싶은 걸
마음껏 하면서 살아왔는가 하면
그렇지도 못하고 그냥 그렇게 그렇게 살았지

게다가
부모의 자식으로도
아내의 남편으로도

자식들의 아비로도
할 일을 다 하지 못했다는 생각에
늘 빚진 자의 마음으로 그렇게 그렇게 살았지

어디 그뿐인가
이웃 사랑도
친구 사랑도
형제 사랑도
변변히 하지 못하면서
무엇에 쫓기듯 동분서주하며 그렇게 그렇게 살았지
바보같이

훗날
하늘에서 부르신 분이
어떻게 살다가 왔느냐 물으시면
그 앞에서 어떻게 고개를 들어야 할지

불쌍히 여겨주시옵소서

마음의 빚

까까머리 중학생
신학기 첫날 뒤를 돌아보니
커다란 눈 껌벅거리며 잘생긴 녀석 앉아있었다
그날 이후
그 녀석 도시락 굴비 반찬 나눠 먹는 재미에 푹 빠져
매일 점심시간만 기다려졌다
그렇게 우리의 관계는 시작되었다
어린 시절부터 늘 남 주기를 좋아하던 그 사람
언제나 늘 얼굴에 미소가 떠나지 않던 그 사람
그래서 우리 집 올 때마다
그의 손엔 늘 무언가가 들려 있었다
상도동 산동네에 판잣집 짓던 날
그 까까머리 어린 녀석들이 무엇이든 함께 돕겠다며
비지땀 흘리던 기억 지금도 생생하다
가난뱅이 친구네 집 자주자주 찾아주던 녀석들
커다란 양푼에 밥 듬뿍 고추장 듬뿍 넣고 썩썩 비벼
배불리 먹으며 함께 파안대소하던 그 시절
너무 그립다

얼마 전 약속 장소에
꺼꺼부정한 자세로 아픈 다리 절뚝이며 걸어오던 그 사람
그래도 여전히 미소를 잃지 않고 있는
그 사람을 오랜만에 보면서 눈물 왈칵 쏟아 올랐다
아내와 결혼한 이후 매형이 된
내 이름 제대로 한 번 속 시원하게 부르지 못하면서
지금까지 살아온 그 사람
곰곰이 뒤돌아보면 마음의 빚이 참 많다

친구, 미안해

그래, 내 잘못이지

오래도록
잠긴 문이 열리지 않고 있다
언제 날 사랑했냐며
난 사랑받은 적이 없다면서
상처만 받았다면서
내가 얼마나 힘들고 아파했는지 아느냐면서
잠가 놓은 마음 문
처연히
바라보면서 생각한다

그래
네 말이 옳다
네가 사랑받지 못했다면
난 아무 할 말이 없지
난 사랑했지만, 네가 사랑받지 못했다면
그건 순전히 내 잘못이지
살갑지 못한
가슴속 뜨거움 표출할 줄 모르는
퉁명스럽기 이를 데 없는

내 잘못이지
내 잘못이지
내 잘못이지

그래
문 닫고 실컷 울어라
나도
실컷 울고 싶구나
우리
실컷 울고 나서
그날을 기약할 수 없지만
그날
얼싸안고
실컷 울자꾸나

달

달이
내 마음을 아는지
내가 기쁠 땐
기쁜 얼굴로 날 바라보고
내가 슬플 땐
슬픈 얼굴로 날 바라보네

달이
나하고 친구하고 싶은지
내가 가면
따라오면서 날 바라보고
내가 서면
같이 서서 날 바라보고 있네

나도
내 마음 알아주는
달이 좋아져서
달아, 달아, 나도 네가 좋다
소리쳤더니

기뻐 활짝 웃으며 날 바라보네

그래
그래
우리 친구하자
천년만년
함께
울고 웃는

가책

이젠 겨울 추위도 한풀 꺾였나 싶어
집 마당에 나가니
그동안 몹시 힘들었는지
감나무가 한결 수척해진 모습으로 내려다보고 있다
그래서 고개를 치켜들고
그동안 얼마나 힘들었냐고 물었더니
사람들이 왜 그렇게 인정머리가 없느냐면서
그동안 그만큼 빼먹었으면 이제부턴
제발 배고프고 힘들지 않게 신경 좀 써 달라고 대꾸하는
가책의 소리가 내 안으로 들려와 할 말을 잃었다

숱한 세월
밑거름 제대로 한 번 주지 않고
그저 열매 따 먹는 재미에만 정신 팔렸음에도
자기에게 맡겨진 일
풍성한 열매 맺기를 위해
허기진 속 채우려
땅속 양식 찾아 얼마나 헤매었겠나 싶은 생각에 미안했다

생각해보면
사람들도 하기 힘든
효자 노릇 톡톡히 해준 참 고마운 친구다
그동안 풍성하게 맺혀준 열매로
각박한 세상살이의 여러 이웃 지인들과 함께
나눔의 기쁨을 맛보게 해주었으니 말이다
이제라도 건강토록
좋은 밑거름으로 듬뿍 몸보신시키고
보기 좋게 가지치기도 해주면서
금년엔 열매 맺는 일도 멈추고 푹 쉬라며 달래 주어야겠다

솜버선

점심식사 후 집 근처 천변 쪽으로 발걸음을 옮겼다. 구름 한 점 없는 청명한 날씨였지만 바람은 어제보다 더 쌀쌀해진 것 같았다. 하지만 꽁꽁 얼어붙은 얼음판 위에는 어제보다 더 많은 사람들이 저마다 어린아이들을 데리고 나와 썰매타기에 분주했다. 그런데 썰매에 앉아있는 꼬마 녀석들보다 오히려 등 뒤에서 밀어주면서 쫓아다니는 엄마아빠들이 더 신나고 재미있다는 표정들이었다.

이를 지켜보고 있노라니 조금은 민망스럽지만 나도 한번 타보고 싶다는 생각이 슬며시 들었다. 그래서 썰매를 잔뜩 쌓아 놓고 빌려주는 청년한테 물었더니 한 시간에 이천 원씩 한다기에 천 원짜리 한 장 주고 30분만 타기로 하고 썰매 위에 앉아서 열심히 꼬챙이질을 했다. 재잘거리는 꼬마 녀석들 틈 속에 끼어서 마치 경주라도 하듯이 신나게 달리다 보니 까마득한 옛날 그 어린 시절로 되돌아간 듯한 즐거움과 함께 또 다른 묘미를 느끼게 했다.

옛날 어린 시절 썰매 타러 나갈 때는 언제나 솜버선을 신고 나가야 했다. 그런 것은 여자아이들이나 신는 것이라면서 아무리 싫다고 버티어도 어머니는 억지로 어르고 달래고 때로는 야단까지 쳐가며 어떻게든 꼭 신고 나가게 했다. 초등학교를 다닐 때도

솜을 두툼하게 넣고 누벼서 만든 버선을 싫고 다니기는 마찬가지였다. 남들이야 어떻게 생각하든 어머니 고집으로 신고 다닌 덕분에 그 시절 유난히도 길던 아침 조회시간마다 아이들은 운동장에서 발이 시리어서 동동 구르곤 했지만 나는 그렇게 하지 않아도 되었다.

요즘 날씨가 무척 차갑다. 예전 유년시절의 겨울은 요즘보다 한결 더 추웠던 것 같은 기억이다. 우리가 살던 그 함석집도 한겨울 아침엔 늘 머리맡의 물그릇이 꽁꽁 얼어붙곤 했으니 말이다. 그래도 그 추위를 용케도 잘 이겨낼 수 있었던 것은 어머니가 관악산 골짜기를 헤집고 다니면서 머리에 잔뜩 이고 온 나뭇가지들로 가끔씩 방구들을 달구기도 했지만, 손발에 동상 한 번 들지 않고 밖에 나가 뛰놀며 놀며 잘 자라날 수 있었던 것은 순전히 당신께서 만들어주신 두툼한 솜버선과 벙어리장갑 덕분이었다. 정말이지 내겐 지극정성이셨다. 오직 이 아들 잘 키움이 삶의 이유가 되었던 그 어머니가 너무 그립다.

아이들의 합창소리

아이들의 앙증맞은
합창소리가 들려온다.
대여섯 살 또래 녀석들이
둘씩 짝지어 손잡고
영산홍 꽃 활짝 피어있는
언덕배기 오르며
초롱초롱한 눈망울로
신이 난 듯 노래하고 있다
유치원에서 소풍 나왔는지
저마다 노란 옷 입혀 놓았는데
영락없이 갓 부화한 병아리들이
삐약삐약 재잘대는 것 같아
너무 귀엽다

티 없이 맑은 얼굴로
활짝 웃고 있는 녀석들이
너무 예쁘고
너무 부럽다
조만할 땐 누구나 다

엄마아빠처럼

얼른얼른 자라나서

해보고 싶은 것들이 참 많을 때지

뭐든지 다 할 수 있을 것 같은

저 아이들의 꿈이

망가지지 않고 이루어질 수 있는

참 좋은 세상 되었으면 하는

기도가 절로 나온다

정말이지, 희망찬 나라 되었으면

너무 좋겠다

아들아 니는

아들아
너는 이 아비 같은 아버지 되지 말거라
엄한 훈장같이 되지 말고
좋은 친구 같은 아버지 되거라
그래서 언제라도
서로 속 깊은 이야기 나누며
함께 웃고 울어주는 아버지 되거라
그리고
뜨거운 사랑 가슴속에만 묻어두지 말고
사랑으로 뜨겁게 품어 주거라
그래서 자식들로 하여금
사랑이 참 많은 아버지로 기억되게 하거라
그것이 아주 오랫동안
자식들에게도
그 아비에게도
큰 기쁨과 감사의 기억으로
남아있게 된다는 사실 잊지 말거라
그리고 그것이
가풍으로 이어진다는 사실도

아들아
네가
참 고맙다

찬란한 밤하늘

걸음 멈추고
고개 들어 밤하늘을 보았다
초롱초롱한 별빛들이 한눈에 들어왔다
생소할 만큼 정말 오랜만에 바라본
밤하늘의 별빛은 눈이 부시도록 찬란했다
뒤를 돌아보았다
지금까지 무엇에 정신 팔려
이다지도 찬란한 밤하늘을 향할 여유조차 없이 살아왔는지
어쩌면 잠시라도 하늘을 향할 수도 없을 만큼
가슴이 피폐하여진 것은 아닌지
차치하고 이제라도
내 안을 밝히 비춰준 밤하늘의 별빛들이 너무 감사했다
그리곤 이어서
이 땅이
몹시도 혼란스럽고
흉흉한 소문으로 가득하고
칠흑같이 어두워도
밤하늘의 별들이 여전히 찬란하게 빛나고 있는 한
밤하늘의 별들을 지으신 분이 있는 한

이 땅은
살아볼 만한 곳이라는 감동이 물밀 듯이 밀려왔다
세상이 온통
새 하늘과 새 땅처럼 보였다

멈추니까 보이네

바쁨을
빠름을

멈추니까 보이네
주변이
풍경이
사람이

멈추니까 보이네
네가
내가
우리가

멈추니까 보이네
사랑이
감사가
아름다움이

멈추니까 보이네

내 안에 갇혀
바보 같이 살아온 내가

숙복

감정

감동

모두 삶의 여정 속에 없어서는 안 될

소중한 마음의 벗들입니다

살아있는 동안 거의 모든 시간 찾아와 함께하면서

희로애락을 주도하는 것이 감정이라면

그렇게 자주는 아니지만 올 때마다 신선한 깨달음으로

감사와 기쁨을 선사하는 것은 감동입니다

그런데 언젠가부터 감동이 잘 찾아오질 않고 있습니다

아마도 그것은

나를 감동시킬 대상이 없다기보다는

그만큼 어딘가에

마음을 빼앗겨 가슴이 메말라 있거나

사사로운 감정에 사로잡혀

감동이 들어설 통로를 막아서고 있는 것은 아닌지

한동안 게을리했던 마음 밭을 더 일구며

잠시라도 방심하면 어느새 불쑥불쑥 자라나고 퍼져서

마음 씀씀이의 훼방꾼 노릇하는

쓴 뿌리잡초 뽑아내는 일을 부지런히 해야 할 것 같습니다

일상에서 마주하는 작은 광경을 보면서도
감내하기 힘든 큰 고통을 당하면서도
그 안에 나를 향한 하나님의 깊은 사랑이 배어있음을
발견하고 감동하여 감사와 기쁨으로 가득해진다면
그것은 분명 축복받을 일입니다
아니 그 이전에
그처럼 아름다운 성정을 소유했다는 그 사실만으로도
이미 더 없이 큰 축복입니다

정말 늘 감동이 있는 삶을 살고 싶습니다
내 생각을 뛰어넘어 밀려오는
감동의 인도를 받아
세상이 줄 수도, 알 수도 없는
참된 기쁨, 평안을 누리는 그런 삶 살아가게 하여주옵소서

아침 인사

새벽마다
하늘
보며
인사한다

밤새
쉼 없이
내 심장 뛰게 하여주시매
감사하다고

하늘
저편에서
껄껄 웃으시며
화답하신다

오늘도
아니
영원토록
함께하여주겠노라고

오!
이 기쁨
이 맛에
내가 살아간다

오직 감동의 은혜로

이 작은
머리와 가슴으로는

가늠할 수도
예단할 수도 없는

영겁을 오가는 광대한
섭리의 신비

오직
감동의 은혜로
그 큰 사랑
감사와 기쁨으로
믿고
의지할 뿐입니다

강 건너 저편

강 건너
저편
화려한 세상
너무 좋아 보입니다
꿈을 품고
노를 저어 갑니다
언제라도
힘껏 노를 저어
다시 돌아올 수 있다고 다짐하면서
거기 다다라
그곳에 익숙해지고
길들여지며
저편 화려함 뒤에 가려진
풍조의 물살에
떠밀려
멀리
멀리
자꾸 멀리
떠내려갑니다

고독은 좋은 친구

가끔은
홀로이고 싶다
나를 찾는
고독의 시간을

고독은
외롭지 않다
고립이 아니기에
고독은
외롭지 않다
홀로의 고요를 만끽할 수 있기에
고독은
외롭지 않다
나와 벌거벗은 또 다른 내가 마주할 수 있기에
고독은
외롭지 않다
나를 만드신 분과 속 깊은 이야기를 나눌 수 있기에

그래서

홀로이면서 함께하는

고독은

나의 좋은 친구

잃음으로 얻어진 소중함

여러 해 전 뜰 안의 목련을 무심코 베어버리고 며칠 뒤, 우연히 그루터기만 남은 밑동에 흥건하게 고여 흘러내리는 물줄기를 보면서 어떻게든 살아남고자 필사적으로 몸부림치는 목련의 눈물이 아닌가 싶어 가슴 뻐근한 통증을 느낀 적이 있었다. 사실 어떤 이유로든 톱을 든 자가 베어버리고자 하면 그 나무는 잘려나갈 수밖에 없는 일이다. 아무리 살아남기 위해 몸부림을 쳐본들 톱을 든 자는 이에 미동도 하지 않은 채 끝내기가 일쑤다.

사람 사는 세상도 크게 다르지 않다. 어느 날 갑자기 삶의 터전이었던 일자리를 잃고 방황하는 사람들이 얼마나 많은가. 특히 요즘 들어서 성실하게 살아가는 일에 너무 지쳐있는 사람들이 많다고들 한다. 아무리 정직하고 부지런히 살아 봐도 결국은 뼈아픈 일만 계속 당하게 되다 보니, 견디다 못해 그 스스로가 지금까지의 성실한 삶을 포기하고자 한다는 것이다. 이 얼마나 기가 막힌 일인가.

언뜻 보면 인생살이가 참 공평치 못해 보인다. 그런데 찬찬히 저마다의 그 속내를 깊숙이 들여다보면 있음으로 없고, 없음으로 있음이 보인다. 부연하면 삶 속에서 정말 값지고 소중한 교훈은 무엇을 얻었거나 풍성할 때보다는 잃음으로부터 깨닫고 그 빈자리를 채우게 되는 경우가 훨씬 더 많음을 절감하게 된다.

　필자의 경우도 정말 인생의 밑동이 잘려 나간 것같이 힘든 때가 있었다. 그런데 그로부터 짧지 아니한 세월이 흐른 후 다시금 돌이켜보면 그 당시는 몹시도 힘들고 고통스러웠지만 오늘 여기까지 이르는 동안의 모든 일들이 그저 감사할 뿐이다. 무섭도록 긴 긴 침묵을 지키면서 자신을 뒤돌아볼 수 있게 된 것도 그렇고, 예전 같으면 그냥 대수롭지 않게 지나쳐버렸을 밑동 잘린 목련의 눈물을 보고 가슴이 시리도록 아픈 마음을 갖게 해준 것도 여간 감사한 일이 아니다.

탄식

집 안에서뿐만 아니라
길을 걸으면서도
버스 지하철 안에서도
어디에서나 틈만 나면
휴대폰 들여다보기에 바쁜 사람들
무엇이 보고 싶고
무엇이 알고 싶어
저렇게들 시선을 집중하고 있는 것인지

하루가 다르게 급변하는
세상 속으로
순간순간 엄청나게 쏟아지는
정보의 홍수 시대
하지만 진짜보다 가짜들이 더 설치고
거짓 선동이 난무하여
진실은 있지만
진실은 난도질당하여
진정한 진실을 찾아보기 힘든 시대

무언가에 홀린 듯
진정
직시해야 할 것들은 외면한 채
떼를 지어
어느 한쪽에서
어느 한쪽의 시각으로
어느 한쪽만 바라보면서
그들은 감히 외친다
공공의 선을

자기 안에 갇혀
자기가 자기에게 속아
진실을 강변하는 소리 많지만
진실을 찾아보기 힘든 이 혼란스러운 시대 조류가
언제쯤 떠밀려 갈는지

탄식이 질펀하게 배어있는
침묵들

삶, 사람, 사랑

삶
무엇일까
생명 갖고 태어났으니
어떻게든 생존하기 위한 과정일까
단, 사람으로 태어났으니
사람답게

삶
사람의 준말이라네
그럴 듯하네
태어나서 죽는 날까지
사람들과 함께
웃고 울며
살아갈 수밖에 없으니
정말 그런 것 같네
그런가 하면
사람의 어원은 사랑이라네
사랑의 하나님이
사람을

사랑으로 빚어 놓으시고
사랑하라 말씀하셨으니
사랑은
사람으로서
사람답게 살아가고자 하는
누구에게도 예외일 수 없는 존재이유

삶
사람
사랑
결코 서로 떼어 놓고 생각할 수 없는 결연한 명제

가상 큰 이유

그가 지금 날 싫어한다 해도
난 할 말이 없다
나도 그를 싫어했었으니까
그도
나도
왜 싫어했는지
서로를 향해 할 말이 많다
그러나
자기 안에 숨겨진 가장 큰 이유는
사랑
사랑이 없기 때문이다

사랑의 대서사시 고린도전서 13장에서
사랑은
'오래 참고'로 시작해서
'모든 것을 견디느니라.'로 끝을 맺는다
그리고 이 두 구절 사이에는
이기적, 감정적이 아닌
자기를 모두 내려놓은 이타적 의지의 언어들로 가득하다

뒤돌아보면
사랑하는 일에 너무 서투른 인생살이였다

난 지금 부끄럽지만
단호하게 이야기할 수 있다
인간관계의 모든 갈등은
사랑
사랑의 결핍에서부터 시작된다고

그리운 하늘본향

영원 전
억조창생 계획하시고
정하신 때
어버이 한 몸 되어
나 잉태케 하여
신묘막측하신 솜씨로
겉과 속
오묘하게 빚어 놓으시고
그 안에 당신의 생기 불어넣어
심장 뛰고
호흡하고
피가 돌아가는
생명 안에 영혼 머물게 하고
때가 이르매
자궁문 열고 나오게 하여
울고 웃고
웃고 울며
이 땅 위에서 살아가는 동안
어찌해서든지

날 만드신

당신의 성정 닮아가게 하시려고

여러 모양의 섭리하심으로 단련시키면서

여기까지 오게 하신

당신께서

언제라도 부르시면

이 땅 위에서의 모든 수고와 짐 내려놓고

홀가분하고 담담한 마음으로

감사하면서

머물렀던 육신 장막 떠나

꿈에 그리던

하늘 저편 본향 올라가

감사

기쁨

평강 누리며

함께

영원히 살리

장대비

창밖에 장대 같은 빗줄기가 마구 쏟아집니다
아스팔트가 빗물로 가득합니다
노아의 홍수를 생각하게 합니다
그리고 나를 봅니다
이대로 침몰되어가고 있는 나를
어떻게든 살아야 한다는 명제 앞에
어제까지의 외침도
뜨거웠던 피도 이제는 식어버렸습니다
헐떡거리는 호흡과 충혈된 눈에는
비굴함으로 가득합니다
창밖에는 장대비가 아직도 쏟아지고 있습니다
모든 것을 씻어내려는 듯이
사람들은 말을 합니다
변치 말자고
그러나 나는 압니다.
그것은 지킬 수 없는 허무맹랑한 소리라는 것을
말할 수 없는 슬픔이 찾아옵니다
창밖에는 장대비가 그칠 줄을 모릅니다

나만의 공간

요란하고 복잡한 세상
자동차들이 떼를 지어 질주하고 있다
그 무리들 속에 끼어 함께 달리고 있는
이 작은 공간은
달리면서
마음껏 고함을 질러보기도 하고
그리운 사람 목청껏 불러보기도 하고
목이 터져라 옛 노래를 부르기도 하고
때로는 펑펑 눈물 흘리며 엉엉 울어대면서도
타인을 전혀 의식하지 않아도 되는
나만의 공간이다.
그런데
나만 그럴까

자동차들이 달리고 있다
저마다 그 안에 천태만상의 애환을 품은 채
달려가고 있다
비바람 몰아치는 삶의 들판을

그리움

니 각시는 옆집 순복이
내 각시는 아랫집 병희였지요
동네 아줌마들 "너 누구한테 장가갈래." 놀려대면
"나 병희한테 갈래요."라고 대답했지요
긴긴 세월 흐르고
내 아들딸 내 품에서 떠나
어느새 자기 짝들 찾고 있을 때
코흘리개 시절 소꿉친구 그리워
먼 산 바라보며
병희야, 순복아, 불러보지요

행복한 사람

지독한 몸살을
앓고 난 후
양지바른 곳에
쪼그리고 앉아
따스한 햇살에
살며시 잠들어 있는
이 사람

꿈에 그리던
옛 동산에 올라
장난꾸러기 벗들과
함께 뒹굴며
깔깔깔 웃어대며 뛰노는
꿈속에 빠져
빙그레 웃으며 잠들어 있는
이 사람

너무 행복해 보이네!

아버지와 아들

의사생활을 하고 있는 아들이 몇 년째 소형 중고차를 타고 다니기에 하루는 차를 바꿀 때가 되지 않았느냐고 아들에게 넌지시 묻자, "아버지가 헌 차를 타고 다니시는데 제가 어떻게 새 차를 타고 다닐 수가 있겠습니까."라는 대답에 그만 할 말을 잃었다. 그리고 며칠 뒤 아들에게서 전화가 왔다. "아버지, 좋은 차는 아니지만 그냥 탈 만한 차를 새로 구입해서 보냈으니 몇 년만 타세요. 나중에 더 좋은 차 사 드리겠습니다." 그런 후 아들도 내게 사준 차와 동급의 차를 새로 구입해서 아들도 나도 지금까지 십여 년째 운행 중이다.

임종하시던 그날 꺼질 듯한 숨을 몰아쉬면서 이 아들을 쳐다보던 아버지의 눈길이 얼마나 매섭게 보였는지 모른다. 지금도 잊혀지지 아니하는 아버지의 그 눈길이 이 아들에 대한 한없는 원망과 질책처럼 느껴져 가슴을 사정없이 후벼 팔 때가 있다

이제 내 자식들도 나이가 들어 장년의 길을 걷고 있다. 그런데 그 자식들이 조금이라도 이 아비의 마음을 서운케라도 한다는 생각이 들라치면 요즘 들어 부쩍 더 아버지, 어머니 얼굴이 떠오를 때가 많다. 그리곤 그때마다 내가 과연 내 자식들한테 그만한 일로 서운해할 만큼 나는 내 부모에게 얼마나 떳떳한 자식이었는가

를 스스로에게 되묻게 되곤 한다.

선친을 생각하면 참 마음이 아프다. 젊은 시절부터 술과 친구들만 알고 가정에 소홀하여 어머니를 고생시키는 아버지가 어린 마음에도 너무 싫었다. 나이가 들어가면서도 그 서운함의 찌꺼기는 여전히 남아있었다. 게다가 아버지는 결국 중풍으로 오랫동안 너무나도 누추한 모습으로 인생 말년을 보내야했는데, 이를 보면서 왜 내 아버지는 저런 모습이어야 하는지 몹시 우울하게 했다.

그리고 세상 떠나신 지 수십 년의 세월이 흐른 요즘 그 아버지가 사무치도록 보고 싶을 때가 있다. 그래서 정말 한 번만이라도 뵈올 수 있다면 아버지 앞에 엎드려 용서를 빌고 싶다. 그리고 사랑했었노라고 외치고 싶은 마음이 가슴 전부를 축축하게 적시곤 함은 어이한 까닭일까.

"아버지, 아버지를 사랑했습니다."

성찰

그가 늘 못마땅했다
그런데 어느 날
그가
나를 얼마나 알고 있습니까.
묻는 말에
얼굴이 화끈해지며 아무 대답도 할 수 없었다

그렇지
나도 나를 다 알지 못하면서
누굴 감히

겸손의 자리는
언제나 늘 거기에 머물기 원하는 기도의 제목이었다
그럼에도 여전히
걸핏하면 나에게 사로잡혀
교만의 능선을 오르내리고 있는 나를 본다

본질의 물음

혼란스러운 시류 때문인지
예전보다 더 문득문득
나를 향해 묻는
본질의 물음들 앞에 서 있게 된다

하루는 언제나 늘 날 지켜보시는 분께 물었다
나는 어떤 사람입니까?

당신의 입으로 말하는 당신은 당신이 아니다
당신의 마음을
당신의 시간을
당신의 소유를
어디에 얼마나 어떻게 사용하면서 살아왔는지가 당신이다

그의 단호한 대답에
쥐구멍이라도 찾고 싶었다

오직 사랑 말고는

누군가 날 비난하고 다닌다기에
속이 상해 있을 때에도
기대보다 하는 일이 너무 잘되어
기뻐하고 있을 때에도
마음 아픈 일이 떠나지를 않아
괴로워하고 있을 때에도
치열한 경쟁을 통과했다는 소식에
환호하고 있을 때에도

엎드림 위에
들려오는 소리는 동일했다
이 또한 지나가리라

그래서 어느 날 따지듯이
언제나 늘 날 지켜보시는 분께
그럼 도대체 지나가지 않는 것이 무엇이냐고 물었더니
그것이
나그네 인생길에
마음지킴의 첩경이라면서

덧붙여
들려오는 소리

오직
사랑 말고는
하늘에 쌓일 것이 없느니라

뜨거운 울림

상념으로
빼곡 채워진
거기엔
허허로운 것들로 가득
불현듯
물밀듯이 밀려오는 감동의 물결에
말끔하게 씻기어진 듯
비워지고
맑아진 영의 경쾌한 자유
벅찬 기쁨으로
화답하는
하늘 향한 외침에
가슴은
뜨거운 울림으로
충만

소명

싹
땅을 뚫고 솟아오르다
죽은 듯
긴 침묵으로 영근
생명이
꿈을 품고 솟아오르다
비바람
눈보라
죽음이 있는
대지 위로 솟아오르다
생명의
소명 이루기 위해
살고
죽음
하늘에 맡기고 솟아오르다
하늘이 준
신비의 생명력으로

느려짐으로의 소득

나이 들면서 동작이 느려졌다
동작이 느려지니 생각도 느려졌다
모든 게 느려짐으로
처음엔 뒤처짐이 아닌가 싶어 열등감이 들었지만
나중엔 오히려 다행이다 싶어졌다
느림으로 잃은 것들보다
느림으로 얻어진 것들이 더 소중하게 여겨졌기 때문이다

느림으로 잃은 것들이
물리적이고 외형적인 것들이라면
느림으로 얻는 것들은
화학적이고 내면적인 것들이다
그래서 달라짐은
빠름으로 빨리 보았던 것들을
느림으로 좀 더 오래 바라보게 되었고
빠름으로 얇았던 생각들이
느림으로 좀 더 두터워진 것 같다

그 때문인지

침묵의 시간이 좀 더 길어진 것 같고
내 안을 좀 더 깊이 들여다보게 되고
범사를 바라보는 시각이 달라져가고 있음에
감사하고 있다

가면

기쁜 얼굴
슬픈 얼굴
웃는 얼굴
성난 얼굴
따뜻한 얼굴
싸늘한 얼굴

살아가기 위해
살아남기 위해
언제라도 골라 쓰는
많고 많은
가면들

가면 뒤의
진심
들킬세라 쓰고 또 쓰는
가면들
자기 안에서 자신을 지켜보고 있는
침묵의 날카로운 시선이 있다는 사실도 잊은 채

아니, 도외시한 채

차지하기 위해
인정받기 위해
물리치기 위해
관심 끌기 위해
누리고 즐기기 위해
속마음 감추기 위해
표정관리라는 이름으로 포장되어
쓰고 또 쓰는
가면들

하지만
결국은 들키고 마는
언뜻언뜻 번뜩이며 스치는
진심의 눈빛

꽃이 아름나울 수 있음은

오랜만에 존경하는 지인의 묘비를 뵙고자
대전 현충원을 갔다.
수많은 묘비 앞에 놓여있는 꽃들이 너무 보기 좋았다
저마다 활짝 웃고 있는
꽃들이 너무 예뻐 가까이 들여다보는 순간
깜짝 놀랐다
생화가 아닌 조화의 아름다움이었다
주변 모두
인위적으로 만들어진
언제까지라도 시들지 않는
생명이 없는 아름다움을 보면서
이 숙연한 곳에서의 이런 정경이 조금은 의아했다

진정
꽃이 아름다울 수 있음은
그 아름다움에서 참의미를 찾을 수 있음은
그 안에
죽음이 전제된 생명이 있기 때문일진대
삶과 죽음을 깊이 생각하게 하는

묘비 앞의
생명이 없는
조화의 아름다움이
머리와 가슴을 오가면서
본질의 물음들을 맴돌게 했다

물질문명과 풍요의 방식에 빠지고 길들여져
가면 갈수록
머리는 진화하고
가슴은 퇴화되어가는 것 같다
서글픈 일이다

경쾌한 발걸음

오랜만에 기차를 탔다
한참만의 나들이라 그런지 기분이 조금은 들떠 있었다.
그래서인지 차창 밖으로 펼쳐지는
산과 들이 한결 더 싱그럽고 푸르러 보였다

그때는 정말 분하고 괘씸했다
네가 어떻게 나한테 그럴 수 있는가
그 생각뿐이었다
이젠 두 번 다시 널 보지 않겠노라 다짐하고 또 다짐했다
그런데 지금은 그를 향해 달려가고 있다
내 안에 밀려오는
놀라운 감동의 힘으로

집으로 향했다
기분이 너무나도 홀가분하고 좋았다
왜 진작 안 왔었는지 후회스럽기까지 했다
두 팔 벌려 끌어안고 나니
오히려 내 쪽에서
더 잘못했다는 생각이 들었다

정말 인생살이는 마음먹기에 달려있는 것 같다
먼저 손 내미는 일이 결코 수치스러운 일도 아닌데
왜 먼저 손 내밀지 못하고
마음고생 하고 있었는지 모르겠다
절대로 용서해주지 않겠다던
돌덩어리 같은 마음을 품고 있던 때보다
몸무게가 족히 20kg은 가벼워진 것같이 발걸음이
참 많이 경쾌해졌다.

앎과 인격

요즘 정치인들의 행태들을 보면서 실망하는 사람들이 적지 않다. 물론 그들이 무엇이 옳음인지 몰랐기 때문이라 생각되지는 않는다. 문제는 머릿속의 그 앎이 인격과 단절되어 있을 때, 그 앎은 자신의 영달을 위한 수단으로 전락되기 쉽다는데 있다.

지인 중에도 그의 격조 높은 식견을 듣는 이들에게 언제나 깊은 감동을 주곤 하지만, 그것이 정작 그 자신이 지향하는 실질적인 삶의 모습과 너무 달라 보일 때 이를 지켜보는 이들의 마음은 적지 않게 혼란스러워지곤 한다. 그리고 이런 경우의 대부분은 앞에서 바라본 모습보다는 은밀하게 가려진 뒷모습에서 그 실상이 여실히 드러나게 되곤 하는데, 이처럼 고품격의 앎을 삶의 목적이 아닌 수단으로 이용하고자 하는 부류들의 이중적 행태가 정직하고 바르게 살아가고자 하는 소시민들의 가치관을 얼마나 뒤흔들어 놓는지 모른다.

물론 앎의 그대로를 자신의 삶으로 옮기기는 참 어려운 일이다. 그럼에도 그 앎을 삶으로 연결시키고자 하는 부단한 노력이 없을 때, 그 앎은 깨달음 없이 그냥 머릿속에 담아두고 있는 기억에 불과할 뿐이다. 살피건대 여기에서의 깨달음이란 앎을 눈과 머리가 아닌 가슴으로 받아들일 때 태동하는 것으로, 그것은 자기 변화의 원동력이 된다. 그리고 그 깨달음만큼의 잣대로 늘 자신을 돌이켜보면서 살아가게 된다.

하지만 이를 비웃기나 하듯 물질문명의 거대한 힘 앞에 감히 어느 것이 항거할 수 있겠는가 싶은 생각들이 이 시대의 주류를 이루고 있음 또한 주지의 사실이다. 그래서 그 상위에 있어야 할 정신문화는 오히려 물질문명에 예속되어 꼼짝도 못하고 있는 형국처럼 되어버렸다.

그 결과 어떻게 자신의 마음을 지키면서 올곧게 살아갈 것인가보다는 어떻게 하면 물질문명의 혜택을 더 받으며 풍요하게 잘 살아갈 수 있을 것인가에 더 많은 관심이 쏠려 있고, 그것을 위해서라면 그동안 자신을 지켜왔던 마음의 양식마저도 일종의 매물처럼 취급되고 있음은 그리 생소한 일이 아닌 세상이 되어버렸다.

깊은 맛

익힘
삭힘
깊은 맛
기다림의 즐거움
묵힘으로
더 깊은 맛

깊음
품격
기다림의 아름다움
견딤만큼
더 깊은 격
깊음의 경이로움

절규

매미가 부르짖는다
작열하는 태양빛보다 더 뜨겁게
부르짖는다
있는 힘을 다해 목청껏 외치고 있다
열흘 남짓의
밝은 세상 삶을 위해
수년 동안
땅속 어둠에서 지내야 했던 생명이
짧은 삶
죽음을 앞두고
소명 함께 이루어낼
짝을 찾아
부르짖고 또 부르짖는다
처절하리만큼 힘을 다해 울부짖는다
함께 소명 이루고
죽자며
죽을힘을 다해 절규하고 있다

인과응보

몇 년째
가을의 결실을 시샘이라도 하듯
태풍이 세차게 휘몰아쳐
결실도
민심도
온통 망가트려
모두가 아우성들이다

왜 그랬냐며
태풍의 심술궂음을 원망하는 소리에
대꾸하기를
너희들이 먼저 절제하지 못하고
자연의 질서를 마구 망가트려 기후변화를 가져오게 해
지구를 화나게 만들지 않았느냐는
반문에
고개를 푹 수그리고 아무 대답도 하지 못하고 있는
인간들

그렇지

인과응보 앞에선 끽소리도 할 수가 없지
아, 그렇다면
이제부턴 어떻게 해야

하늘 저편

나이가 들어갈수록
더 자주
하늘을 바라보게 됩니다.
어버이가 계시고
먼저 간 친구들이 있고
내게 산이었던 분도 계시고
함께 웃고 울며 동고동락했던 사람들이 있는
하늘 저편을

그들도
내가 보고 싶은지
가끔
꿈속에서 안부를 묻곤 합니다.
때로는
내게 당부도 하는데
아침 안개 같은
인생살이 너무 연연하지 말고
그냥 다 내려놓고
마음 편히 지내다 오랍니다.

하늘 저편으로

잠시잠깐 머물다
아침 안개 같이 흔적도 없이 떠나버릴
인생살이
뭐가 이리 복잡하고 힘든지
오!
그리운 사람들이여
그날
뵙겠습니다.
기쁨과 감사, 참자유와 평안을 누리며
영원히 함께 살아갑시다
하늘 저편에서

있음으로 없고

있음으로
어두워진 마음 눈 귀
없음으로
밝아지는 마음 눈 귀

있음으로 없고
없음으로 있네
있음으로
보이지도 들리지도 않던 것들이
없음으로
보이고 들려오네
있음으로
생각지 못했던 것들이
없음으로
가슴 깊이 파고드네

있음으로와
없음으로의
마음가짐이 너무 다르네

있음을 잃음으로의 그 빈자리에
있음으로 없었던
잊어서도
잃어서도 안 될
소중한 깨달음으로 채워지고 있음을 보네

있음으로 없고
없음으로 있고
있음으로 없고
없음으로 있고

예전에는 미처 몰랐습니다

예전에는 미처 몰랐습니다
나를 향한
당신의 사랑이
얼마나 크고 소중한지를

큰 고통의 시련을 겪은 후에야 알았습니다
나를 향한
당신의 사랑이
참으로 광대하면서도 너무너무 세심하다는 것을

자식을 키워보고야 더 절실하게 알았습니다
당신께서
보여준 사랑보다
보여주지 아니한 사랑이 훨씬 더 크다는 것을

어버이 하늘 저편으로 떠난 후에야 알았습니다
나를 향한
당신의 모든 것에
나를 향한 극진한 사랑이 질퍽하게 배어있었음을

죽음 앞에 설만큼 큰 아픔이 있고서야 알았습니다
당신께서
내게
하늘의 새 생명주심이 얼마나 크고 놀라운 은총인지를

예전에는 미처 몰랐습니다
나를 향한
당신의 사랑이
이다지도 크고 소중하다는 것을

비탈길에 선 자의 고뇌

산마루
올라 본 기억도 없이
어느새
비탈길에 서 있는
한 사람
스산한 가을바람에 힘없이 떠밀려 가는
낙엽들이 자신을 바라보며
여태껏
어디에서
무엇을 하다
거기에 서 있느냐고
묻는 소리에 뒤를 돌아본다

부딪치고
넘어지고
얻어맞으면서도
끝까지 움켜잡으려 애를 썼던
어떤 경우에도 비굴해지지 않겠노라고
오래전부터 스스로 자신에게 해온 그 약속으로

가족들 삶까지 너무 힘들게 했다는 자책이 떠나질 않는다

내 옳음
내 확신의 높은 벽이
내게 찾아온 용납할 수 없는 상황을 통해
진정 내게 무엇을 가르치고자 하는지, 보지 못하게 했다
그리곤 여지없이
내 의지는 섭리의 의지 앞에 무너졌고
그로인한 아픔은
내 인생의 상당부분을 가슴앓이로 단련시키며 변화케 했다

우매한 까닭에
비굴과
겸손의 차이를
삶을 통해 몸소 깨닫고 배우는데 너무 많은 시간이 걸렸다
그리고 이 가을 저녁에
하늘에서 부르는
그날

어떤 삶의 흔적

남겨 놓고

떠나게 될지 밤잠을 뒤척인다.

선한 약재료

일기쓰기를 중단한 지 한참 되었다
내 삶의 기록 상당 부분을
슬픔의 이야기로 차지하여 남겨두고 싶지 않았기 때문이다

그러나 시간이 흐른 지금 다시 뒤돌아보면
긴긴 마음앓이가
때로는 몹시 통증을 느끼게 해 엎드려 눈물을 쏟곤 했지만
그 아픔이 있었기에
조금은 더 깊이 자신을 돌이켜볼 수 있게 되었고
조금은 더 낮아진 마음 갖게 되었고
조금은 더 깊이 범사를 바라보며 생각하게 되었고
조금은 더 오래 참고 견디며 기다리는 법을
배울 수 있었음으로
조금은 더 성숙할 수 있었지 않았나 싶어 감사하고 있다

살아갈수록 슬픔의 이야기는
감사와 기쁨의 이야기를 만들어가기 위해 주신
선한 약재료임을 절감하게 된다

가장 극명한 대답

아무리 절규하며
길을 막아도
불가항력으로 다가오는
죽음

그러나
어느 누구도 예외 없이 맞이해야 하는
죽음은
삶의 이유를 가장 극명하게 묻게 하는
절절한 순리

그리고
그 죽음을 맞이하는
모습 또한
그 물음에 대한
가장 극명한 대답의 현장

그동안
어떠한 가치관을 가지고

무엇을 바라보며
무엇을 가장 큰 감사와 기쁨으로 알고
어떻게 살아왔는가에 따라
그 모습이
처절하리만큼 다르고

그 이후
갈 길마저 냉혹하게 갈려지기에

자유 그리고 책임

사람이 살아가면서 자신의 전인격 그 밑바닥까지 확연하게 드러낼 때가 있는데, 그 경우는 대체적으로 자신의 일이 너무 잘되어서 크게 성공하였을 때와 아니면 정말 치명적인 억울함을 당하였거나 큰 고난에 빠져있을 때로 집약된다. 왜냐하면 대개 이와 같은 경우 감사와 겸손보다는 오만해지거나, 분노와 절망의 깊은 수렁에 빠져들기 때문이다.

이런 점에서 유태인 빅터 프랭클의 삶은 매우 큰 감동을 주고 있다. 유사 이래 참혹하기로 유명한 아우슈비츠 수용소에 들어서는 순간부터 벌거벗겨진 자신의 실존을 진지하게 바라보면서 인간은 궁극적으로 자기가 자기 자신을 규정하게 된다는 생각을 하게 된다. 따라서 자신의 짐을 짊어지는 방식을 결정하는 것은 오로지 자기 자신에게만 주어진 독자적인 과제임을 통감한 그는 몰려오는 고통을 의연하게 대면한다. 더불어 상황을 변화시킬 수 없다면 그 상황을 바라보는 관점을 변화시켜야 한다고 생각한다.

그리고 그는 범사를 감사하는 마음으로 바라보기 시작한다. 아침에 눈을 뜨면 아직도 살아있다는 사실에 대하여 먼저 감사하고, 오늘도 어김없이 태양이 떠올랐음에 감사하고, 질식할 것만 같은 비좁은 공간에도 한 줄기 햇살과 함께 시원한 바람이 들어옴에 감사했다. 심지어는 동료들의 시체를 묻으면서도 서쪽하늘의 낙조의 아름다움에 감동하는 등 그 처참한 환경 속에서도 언제나 감사하고 감동할 수 있는 일들이 너무 많았었다고 그는 술회하고 있다.

그리고 이처럼 자신의 삶에 책임지려는 그의 마음자세는 굳이 가스실에 끌려가지 않더라도 2개월 이상 생명을 버티어낼 수 없다는 그 참혹한 곳에서 무려 2년 7개월 동안이나 굳건하게 버티어내다가 생환될 수 있게 했다. 사실 얼른 생각하면 그와 같은 최악의 상황 속에서 생존하기 위한 첫 번째 조건은 그 무엇보다 강인한 체력과 정신력일 것 같지만, 그보다는 일상의 작은 일에서도 삶의 의미를 찾고 늘 감사하고 감동할 수 있는 마음이 더 필요했던 것이다.

여기에서 고통이 인간에게서 모든 것을 빼앗아갈 수 있어도 단 한 가지 마지막 남은 인간의 자유, 즉 주어진 환경에서 자신의 태도를 결정하고 자기 자신의 길을 선택할 수 있는 자유만은 결코 빼앗아갈 수 없다는 사실을 극명하게 보여주고 있다. 그리고 그것은 인간에게 주어진 최고의 자유이자 책임이라는 사실을 절감케 한다.

無知의 知

알아갈수록
모름이 더 많아집니다
앎을
확신했던 것들마저도
실상은
잘 몰랐던 것들이었음을
알게 됩니다

그중에서도
가슴 깊이 각인된 앎은
내가
나에 대하여
너무 많이 모르고 있는
나를
알게 된 것입니다

산

당신은
산이었습니다
학창시절
내게
산이었습니다

지금은
한 줌 흙 되어
산에서
산이
나를 바라보고 있습니다

나로부터
점점 멀어져가고 있는
나를

멍하게 멍함을 즐기고 싶다

답답한 마음에 옥상에 올랐다
짙은 안개에 가려
멀리 뵈던 산도
오고 가는 자동차들도
사람들도
아무것도 보이지 않았다

그 자리에 주저앉아
아무것도 보이지 않는 앞을 바라보았다
눈은 뜨고 있었지만
아무것도 보이지 않음을
아무 생각 없이
그렇게 앞을 바라보며 앉아있었다

그래 이것도 좋겠다 싶어
아무것도 보이지 않음 속에서
아무 생각 없이
모든 생각을 멈추고
멍하니 멍함에 빠져서

시간 가는 줄 모르고 한참을 그렇게 있었다

끊임없이
밀려왔다 밀려가는
생각의 밀림 속에서 벗어나
아무 생각 없이
멍하게 한참을 있고 나니
머리가 한결 맑아지고 가벼워졌다

종종
아무것도 바라보지 아니하고
아무 생각 없이
그냥 멍하게 멍함을 즐기면서
단순하고
맑게 살고 싶어졌다

어디로든 떠나고 싶다

한참을 달렸는데
내 안을 들여다보니
여전히
그 이야기 속에
머물러 웅크리고 있는
내가 보이네

거기에서
도망치듯 달려왔는데
모질게도
가슴 한쪽이
거기에 붙잡혀 있어
아픔을 주네

낙엽들이 짓밟히며
어석어석
소리 내어 울고 있는 이 가을엔
정말

어디로든 떠나고 싶다
그리곤 떠나온 지 오래였노라 말하고 싶다

분노의 질주

분노함으로
분노에 지배되어
분노에 질질 끌려 다니는
자아
이때를 놓칠세라
내면 속으로
그럴듯하게 파고드는
참소의 무리

분노가 요구하는
한쪽 방향으로
자신을 세차게 몰고 가는
자아
급조된 자기 확신으로
진지함의
제어장치가 없는
분노의 질주

이를 가로막는

순리의 벽

큰 아픔의 부딪침이 있은 후

비로소 뒤늦게

자아 뒤돌아보면서

통회한다

분노의 어리석음을

분노의 속성을

뻔뻔한 자아

좋을 때는 세상을 다 품을 것 같다가도
한 번 삐치기라도 할라치면
바늘 한 군데 꽂을 데 없을 만큼 좁아터져
안달부리다
제정신이 들기라도 하면
살아간다는 것은 결국 헤어짐의 날들이 다가옴일진대
바보같이 왜 그랬냐며
자신을 향해 마구 손가락질해대곤 하는
자아를 바라봅니다

이 길 끝
죽음 앞에서
자신의 차례를 기다리며 남아있는 자들에게
만남의 인연들에게 좀 더 사랑해주지 못하였음의 기억들이
너무너무 마음에 걸리고 후회스럽다는
회한의 작별인사를
처연한 심정으로 숱하게 목격하였음에도
여전히 반복되고 있는
이 어리석음을

그저
무지몽매한 인간의 속성으로 돌리려고만 하는
너무나도 뻔뻔한 자아

오직 은혜로 여기까지 살아올 수 있었던 자가
염치도 없이

용서

내면 깊숙이 죽은 듯 숨어있던
아픔의 기억이
어느 순간 문득 고개를 불쑥 쳐들고 나와 괴롭힐 때마다
용서해야 한다는 당위와 그럴 수 없음의
사이에서 말할 수 없이 왜소해지는 자신을 바라보게 된다
더군다나 뉘우침 없는 상대의 당당한 모습 앞에선
자신을 제어하기가 더 힘들어진다
그리곤 자신을 향해 묻게 된다
용서,
그것이 가능한 일인가?

더 살고 싶지 않을 만큼 아픔의 기억
잊혀짐,
내가 죽지 아니하고 살아있는 한 가능하지 아니하다
단지 용서라는 언어로
포장되어 망각 속에 잠시 묻혀있는 것일 뿐
결코 용서가 아니다.

용서

그것은 잊어버림이 아닌 자아의 벽을 뛰어넘어
무조건
내려놓고 받아들임으로
상대와는 아무 상관없이 일방적으로 해야 하는
가장 불공평한 일이다.
그러나 더 깊이 들여다보면
그것은
어느 누구도 아닌 철저하게 그 자신을 위한 것으로
아픔의 과거에 덜미 잡혀
자신의 삶을 누구로부터도 속박당하지 아니하고
내면의 진정한 자유와 평안을 누리기 위한 끌어안음이다
그런데
그보다 앞선 당위는
용서하는 그 자신도 자신이 저지른 잘못들을
이미 누군가들로부터 용서받았고, 또 용서받기 위함이다

진실을 보지 못하는 병

세상이
요란하다
혼란스럽다
움켜쥐기 위한
아귀다툼으로 가득하다
온통
병에 걸린 듯하다
진실을
보지 못하는
보려고도 하지 않는
아니
뭔가에 홀린 듯
그래서
그것만 바라보려 하는
그런 병에
걸린 듯하다

너무 슬펐다

늘 혼자였다
늘 혼자이길 원했다
늘 혼자일 수밖에 없었다

자신을 극도의 자기중심적 사고의 벽 안에 가두어 놓고
그 안에서 나오기를 거부하고 있는
그의 굴절된 언행심사가
함께하는 이들의 마음을 몹시 힘들고 슬프게 하지만
이에 전혀 미동도 없는
그가 언제쯤이나
그 아픔을 아파하며 그 아픔에서 떠나갈 수 있을지

슬픔을
슬픔으로 알지 못하는 슬픔
그것이
너무 슬펐다

날벌레처럼 살아갈 수는 없다

곤충학자 파브르에 의하면 날벌레들은 아무런 목적도 없이 무턱대고 앞에서 날고 있는 놈만 따라서 빙빙 난다는 것이다. 그래서 바로 그 밑에다 먹을 것을 가져다 놓아도 날벌레들은 거들떠보지도 않고 그렇게 계속 돌기만 하다가 며칠이 지난 후 결국은 굶어서 죽게 된다는 것이다.

혹자는 이 시대를 위기의 시대라고 말한다. 물론 그 논거는 여러 가지로 열거될 수 있겠지만 필자는 무엇보다도 정체성 상실에서 그 이유를 찾고 싶다. 왜냐하면 그렇게 되었을 때 자신의 존재 이유 또한 분명치 않아지기 때문이다.

실제 많은 사람들은 자신이 왜 살고 있는지에 대한 자기 나름대로의 해답조차도 갖고 있지 못한 채, 다만 누구보다 머리를 빨리 굴리고 재빠르게 달려가서 자기 몫을 차지해야만 살아남을 수 있다는 비정하리만큼 냉엄한 현실에 각인되어있는 것이 사실이다. 그래서 그 틈바구니에 끼어 정신없이 바쁘게 살아가다가 어느 순간 문득 그 같은 자신을 뒤돌아보면서 "내가 왜, 무엇 때문에 여기까지 왔지."라고 자문해보지만 결국 공허함이 그 대답을 대신하게 된다. 정말이지 자기 자신으로서는 그것을 위해 최선을 다해 열심히 살아왔노라고 생각했는데, 그 삶의 목적이 잘못된 것이라면 그처럼 딱한 일도 없다. 더군다나 그러한 사실을 알면서도 궤도 수정을 못한 채 그대로 살아간다면 그것은 너무나도 서글픈 인생이 아닐 수 없다.

정말 생존 그 자체가 삶의 궁극적인 목적이 될 수는 없는 일이다. 사실 동물들도 자신의 생존을 위해서 살아갈 줄은 안다. 하지만 그럼에도 불구하고 어떻게든 살아남아야 한다는 생존의 절박함이 휘몰아칠 때 그 앞에서 여지없이 무너지곤 하는 것이 우리네 보통 사람들의 한계임을 또한 부인할 수 없기에 '삶'이라는 명제를 더 어렵게 한다.

결국 그 인생의 그림은 그 정체성의 구도 위에서 그려지게 되어 있다. 그러므로 가끔은 깊은 자기성찰의 시간이 필요하다. 여기까지 어떠한 가치를 지향하면서 무엇을 위해 달려왔는지, 그렇다면 무엇을 얻었고, 어떠한 것을 잃어버렸는지를 깊이 되짚어봄은 너무 중요하다. 정말이지 아무런 개념도 없는 날벌레처럼 살다가 그렇게 인생을 끝낼 수는 없는 일이다. 우리는 인간이기 때문이다.

김장 시중

젊은 시절부터 부부가
늘 함께해 오던
아내의 김장 시중들다가
번뜩
저 사람의 김장 시중을
몇 번이나 더 들어줄 수 있으려나 하는 생각이 들었다
꿈결 같다
이젠 체력도 예전 같지 않거니와
어느새 다 빠진 머리에
남은 머리마저 허옇게 물들어있음에 만감이 교차한다
훗날
하늘 저편의 거리에서
저 사람이
날 만나기라도 하면
아는 체라도 할까 싶었다
융통성 전혀 없이 고생만 잔뜩 시킨 이 고집쟁이를
이제라도 잘해주고 싶지만
힘도 없고 가진 것도 없으니
힘닿는 데까지 김장 시중이라도 열심히 하는 수밖에

슬며시
'낡을수록 좋은 것은 사랑뿐'이라고 한
어느 시인의 말이 생각났다

여보!
우리 건강하게 삽시다.

모두 내 탓이었네

요즘 들어 부쩍 더
옛 기억들이 새록새록 떠오른다.
그리곤
아! 그때
좀 더 참았어야 했는데
한 발짝 뒤로 물러섰어야 했는데
그런 말은 정말 하지 말았어야 했는데
얼마든지 이해하고 웃어넘길 수 있는 일이었는데
하는 회한과 함께
왜 그때
내가 먼저
손을 내밀지 못했었는지
끌어안아주지 못했었는지
괜찮다고 말해주지 못했는지
너그럽게 웃어주지 못했는지 하는 생각들로
지나온 삶의 흔적들을 반추해보는 시간들이 잦아졌다
그리고 그때마다
여태껏
네 탓이었던 것들을

내 탓이었던 것들로
스스로 바꾸어 놓고 있는 자신을 바라보면서
이 또한 나이 들어가고 있음의
한 단면이 아닌가 싶어 상념에 빠져들곤 한다

나이 들어감이란
아니 그 이전에 살아감이란
결국 죽음을 향해 점점 더 가까이 다가섬일진대
그날
남겨질 삶의 흔적들로 고뇌하게 됨은
떠남을 준비하는 자들에겐
마땅히 있어야 할 자신에 대한 책임자세가 아닌가 싶다

좀 더 가져본들
별 것도 아닌 자존심을 좀 더 지켜본들
그래서 만족을 좀 더 누려본들
결국은 안개같이 금방 사라져버리고 떠나게 될 것들인데

영영 죽지 않을 것처럼

바보같이

왜 그랬는가 싶어 허공을 바라본다

숨은 진실

내가 미워하는 사람 죽었다는 소식에
눈물 펑펑 쏟아졌다
비로소
그때 알았다
내가 그를 참 많이 사랑했다는 것을

입방정

말
말
말
목구멍 안에서
요리조리
주인 눈치 살피다
잽싸게
입 밖으로 뛰쳐나가
날 잡아보란 듯
여기
저기
쏘다니며
소곤소곤 낄낄낄
말썽 부려 진땀나게 하는
고놈

간신히
붙잡아 놓고
왜 그랬냐고 물었더니

본래
자긴 그렇다며
아직도 그걸 몰랐냐며
오히려
내게 되묻네
고놈이

이 노시를 떠나고 싶었다

이 도시를 떠나고 싶었다
젊은 시절 꿈을 주고 사랑의 둥지를 만들어준 이 도시
그럼에도
감내하기 힘든 좌절의 아픔과
냉혹한 배반의 슬픔을 안겨준 이 도시가 너무 싫었다

조용히 나를 지켜보고만 있는 아내와 아이들,
차라리 왜 그랬냐며 원망이라도 해주었으면 좋으련만
그 침묵이 나를 더 힘들게 했다
어쩌면 그만큼 내 의지대로만 살아왔음을
극명하게 보여주는 것이었기에 더욱 더 괴로웠다

어찌해서든 이대로 침몰되지 아니하고 살아남아야 한다는
절박한 명제 앞에
어제까지의 외침도 뜨거웠던 피도 식어버리고
어느새 비굴함으로 채워져 가고 있는 자신을 바라보면서
스스로를 향해 패배주의자로 낙인찍었지만
서글프게도 전혀 거부감이 들지 않았다

더 이상 살고 싶을 만큼 힘들었던 때가 꿈만 같다

막강한 어느 일방적 시각의 정의와

힘의 논리가 철저하게 지배하던 그 시절

내게 찾아온 인격모독의 굴욕을 감내하지 못하고

나 옳음의 자만을 믿고

거대한 바위 앞에 계란 들고 대들던 어리석음과 오만함이

결국은 힘이 지배하는 사회구조와

세상은 이긴 자의 편에 서 있다는 냉엄한 현실에

처절하게 담금질을 당한 후

또다시 추락하는 아픔을 당하고 싶지 않다는

비탄에 길들여진 새장 안의 새처럼

창밖의 푸른 하늘을 바라보며

유배된 자처럼 살아왔다는 자괴감을 피할 수 없다

그럼에도 한 가지 분명하게 알게 된 것은

내가 이 도시를 떠나기보다는

과거에 사로잡힌 내게서 내가 떠나야 함을

알게 되었다는 사실이다.

반가운 기별

아직 가끔은 추위가 여전하지만
화창한 햇살에 이끌려
오랜만에 찾은 수목원은
나무들의 숨소리들로 가득했다

화창한 햇살이
혹한을 견디며 버티어온 이들에겐
매서운 겨울 끝이 저만치 다가옴을 알리는
반가운 기별이었는지
저마다 들뜬 마음을 진정시키려는 듯
미동도 없이 숨소리만 가득했다
이들이
이 겨울을 용케도 견디어낼 수 있었던 것은
참고 견디면
반드시 봄날이 찾아온다는
섭리의 선하심을 믿고 의지했기 때문일 게다

야호!
외침소리에 저마다 창문을 빼꼼히 열고
오랜만에 찾아온 내 쪽을 향해 손짓하고 있다

이별이 아니었으면 좋겠습니다

어느 날 갑자기
훌쩍
먼저 떠나버린
그 사람
영영 만나지 못할
이별이 아니었으면 좋겠습니다

무엇이 그렇게 급한지 간다는
작별인사도 없이
먼저 떠나버린
그 사람
영영 만나지 못할
이별이 아니었으면 좋겠습니다

언제까지나 함께 살고 죽자 하더니
그 약속 지키지도 않고
먼저 떠나버린
그 사람
영영 만나지 못할

이별이 아니었으면 좋겠습니다

가끔은 꿈속에서라도 만났으면 좋으련만
기별조차 할 수 없는 곳으로
먼저 떠나버린
그 사람
영영 만나지 못할
이별이 아니었으면 좋겠습니다

하늘백성 되어 영원히 함께 살자할 때
말없이 웃기만 하더니
먼저 떠나버린
그 사람
영영 만나지 못할
이별이 아니었으면 좋겠습니다

아,
그리운 사람아
꿈속에서라도 얼굴 좀 보여주구료

영정 앞에서

영정 앞에 섰다
여전히 내게 미소 짓고 있는 어른이
이제 고인이 되었다
송죽처럼 곧고 바르게 언제나 늘 그 자리에 서 계시면서
삶 속의 아픔은 물론 모두 함께 지향해온
공동의 순결한 가치가 훼손됨에 대한 아픔의 투정을
늘 흔들림 없이 정제되고 절제된 언어로 품어주시던 분이
함께 웃고 울던 숱한 기억 남겨두고
하늘본향으로 떠났다

이젠 마음 쏟아 놓을 곳 없어
긴 한숨 몰아쉬며 그 허전함 탄식하고 있을 때
누군가 곁으로 다가와
"이젠 저희들의 투정을 들어주셔야지요."라는 소리에
화들짝 정신이 들었다.
아직은 올곧게 살아가려는 자들에게 버팀목이 되어줄 만한
인품의 그릇이 되지 못했다는 자책과 함께
어쩌면 내겐 요원한 일이 아닌가 싶어 이 나이 되도록
헛 살아왔다는 생각을 지울 수 없었다.

너는 얼마나 진실한가

당신 말이 옳습니다.
하지만
그 말이 정직하게 들리지 않습니다
왜냐고요
진실이라 믿어지지 않기 때문입니다

단정한 용모
풍부한 식견
탁월한 언변
당신의 그 겉모습 뒤에 가려져 있는 것들이
가끔 고개를 삐죽 내밀고
속내를 여실히 드러낼 때마다
당신을 향했던 마음들은 하늘 보며 슬퍼합니다

내 안에서
내게 소리치며 쏘아붙인다
너는 얼마나 진실한가

너무 소중한 시간

이른 새벽 일어남이 이젠 오랜 습관이 되었습니다
문밖을 나서며 하늘 저편을 향해
아침 인사를 하면서 하루가 시작됩니다
또 하루의 새 날, 새 생명 주심에 감사하면서
새벽공기 가르며 그분과 속 깊은 교제를 나누기 위해
성소를 향하는 그 시간이 하루 중 가장 행복한 시간입니다

돌아보면
내가 내 안에 갇혀 내 생각의 벽을
뛰어넘지 못하고 살아온 시간들이 너무 많았습니다
자기를 지으신 분의 의지 앞에 엎드려
경외함으로 인도받지 아니하고
자기의지로 자기인생을 책임지려 함이
얼마나 큰 어리석음인지를 절감하고 있습니다
인간의 이 작은 머리와 가슴으로 만유의 주재이신
그분의 그 넓고 깊은 뜻을 어찌 다 알 수 있겠습니까
그분의 숨결을 느낄 만큼
가까이 다가가 묻고 또 물어야 합니다
그분은 그것을 너무 기뻐하십니다

홀로 고요의 시간, 너무 귀한 시간입니다

나를 저만치에 세워 놓고

누구로 어떻게 살아가고 있는지 진지하게 나를 바라봅니다

내 안 깊숙이 들여다보며

나는 내게서 진정 무엇을 원하는지 정직하게 들어봅니다

내게 찾아온 상황과 환경이

진정 내게 들려주고자 함이 무엇인지 깊이 생각해봅니다

그리곤 나를 향해

'너는 누구였느냐, 지금은 누구냐, 그리고 누구일 것이냐.'

그 진실을 묻습니다

나를 여기까지 오게 하신 그분께 마음을 집중하여

이런 나를 고백하며

간절히 긍휼의 은혜를 구할 때

심령이 뜨거운 울림으로 충만해지는 가운데

어두운 마음 사라지고

세상이 줄 수도, 알 수도 없는

평안

감사

기쁨이 밀려옵니다

그런 까닭에
마음 정갈하게 가다듬고
홀로이면서
하나님과 함께하는
그 고요함은
갈수록 더 빠져들게 하는 너무 소중한 시간입니다

이 길 끝에서 본 두 나

활활 타오르는 불길 속에
내가 있습니다
이글거리는 불길 속에서
나는 침묵하며 타고 있습니다
한 줌의 재가 되기까지
그리고 그 광경을 바라보고 있는
또 다른 내가 있습니다

몇몇 해가 지나도록
잊히어지지 않는 꿈속의 그 광경이
보이는 나
그리고 보이지 아니하는 나
이 길 끝에서
피할 수 없는 곳으로 향하는
두 나를 보게 합니다

아름다운 죽음

퍽 여러 해 전 일이다. 39세에 불과한 미혼녀 여선생이 어느 날 갑자기 난소암 말기로 자신의 삶이 몇 개월밖에 남지 않았음을 병원 측으로부터 통고받던 날, 무슨 말로 위로를 해주어야 할지 난감한 마음으로 병실을 들어섰는데, 뜻밖에도 밝은 얼굴로 "이만큼이라도 살다가 떠나가는 것을 너무 감사하게 생각하고 기쁜 마음으로 가겠습니다."라고 말하는 그녀의 모습을 보면서 얼마나 마음의 감동을 깊이 받았는지 모른다.

죽음 앞에서 한 인간의 참모습이 드러난다. 죽음 앞에 직면했을 때 살기 위한 의지와 죽음을 받아들이는 일, 이 두 명제의 균형을 잡기란 여간 어려운 일이 아니지 않겠나 싶다. 죽음의 벼랑 끝에 서 있는 그녀의 몰골은 날이 갈수록 참담하여져갔다. 뼈만 앙상하게 남은 그녀의 모습을 보면서 참 많은 생각을 했다. 끝까지 초연한 모습으로 생을 마감할 것만 같았던 그녀였으나, 그 역시 한 인간이었기에 때로는 눈물을 흘리며 이 땅 위에서의 인연들과 작별의 아픔을 슬퍼하기도 했지만, 곧 평온을 되찾은 그녀는 결국 그해를 넘기지 못하고 영원한 세계로 떠났다. 정말 그녀의 죽음은 아름다운 죽음이었다. 자신의 차례를 기다리고 있는 많은 자들에게 죽음은 끝이 아닌 또 다른 새로운 삶의 시작이라는 아름다운 메시지를 남겨주었기 때문이다.

　정말이지 죽음 이후 갈 곳이 준비되어 있다면, 그리고 그곳이 영원히 참된 기쁨과 평안을 누릴 만한 아름다운 곳이라면, 그 사람은 정말 행복한 사람일 것 같다. 그런 까닭에 죽음의 문제를 어떻게 인식하고 있는가의 여부는, 지금 그 사람이 어떠한 가치관으로 어떻게 살아가고 있는가를 가늠할 수 있는 척도이기도 하다. 아무튼 죽음을 생각하게 되면 지금 살아있다는 사실만으로도 감사하게 된다. 그리고 모두에게 더 잘해주고 싶어진다.

　정말 삶 그 자체가 하나의 특혜라는 사실을 잊어서는 안 될 것 같다. 시인 천상병이 설파한 것처럼 이 땅 위에서의 삶을 끝내는 날 뒤를 돌아보면서 참 아름다운 세상이었노라고 말할 수 있다면 그는 너무 아름답게 세상살이를 한 사람일 것이다. 그리고 그렇게 살아갈 수 있었던 것은 그가 아름다운 사람이었기 때문이었음은 의심할 여지가 없다.

명멸의 행렬

순간순간
끝도 없이 이어지는
명멸의 행렬
살고
죽고
살고
죽고

안개 같은
들풀 같은
생의 꿈틀거림
살고
죽고
살고
죽고

영의 눈 뜨지 못해
생명의 근원
깨닫지 못하므로

살고
죽고
살고
죽고

하늘 저편으로
옮겨짐의 삶
이루지 못해
살고
죽고
살고
죽고

떠나가는 자와 남아있는 자

혼란스럽다
암울하다
갈수록 어두움의 세력들이 판치는 가운데
거짓 선동이 난무하고
사람 사는 세상에서 반드시 지켜져야 할
최소한의 가치기준마저도 무너져 내리고 있음을 바라봄이
너무 힘들고
서글프고
원망스럽고
때로는 분노가 치밀어
이 나라 이 땅이 싫어졌다면서
떠나가는 자들

나 또한
그것들을 바라봄이
너무 힘들고
서글프고
원망스럽고
때로는 분노가 치밀어 오르지만

그러하기에
더더욱
이 조국을 떠날 수 없다면서
남아있는 자들

이 뼈저린 아픔을 있게 자들은
이 서러움을
아는지
모르는지
여전히
여전히

이 시대의 슬픈 자화상들

거대한 콘크리트 구조물 숲 사이로
분주하게 오고가는 사람들
누구보다 빨리 머리 굴리고 재빠르게 달려가 움켜잡아야
내 것으로 만들 수 있다는 생각에 사로잡혀
함께 있으면서도 늘 홀로인 군상들

이기고 싶다
이겨야 한다
이겨야 차지할 수 있기에
이기기 위해 수단방법을 가리지 않는다
이겼다
기뻤다
그러나 가슴 한쪽으로는
나는 나에게 패배했다는 생각이 엄습해온다
이김의 대가를 움켜잡았지만
아직은 가슴 한 귀퉁이에 남아있는 가책이 폐부를 찌르며
자신을 향해
정령 이것이 내가 원하는 삶의 모습이었는지
통렬하게 삶의 이유를 묻는다

스스로를 향한 경멸이 떠나질 않는다
비탄한 심정으로 고개 숙인 자신의 모습을 바라본다
그리곤
훗날의 처절한 슬픔을 만들지 않기 위해
지금 한순간의 기쁨을 택하지 않겠노라 굳게 다짐한다
하지만 언제 또다시 자신을 제어하지 못하고
그 슬픔 속으로 자신을 몰아넣게 될지 몰라 두려워한다

왜
무엇 때문에
이 시대의 슬픈 자화상들

내게 고난이 찾아오지 않았다면

만유의 주재이신 하나님께서는
언제나 늘
내가 필요해서 요구하는 것들보다
당신께서 보시기에 내게 필요한 상황과 환경들을 주시면서
아직까지도 참 많이 부족한 나를
보다 더 성숙한 인품의 사람으로 만들어가기 위해
여러 모양으로 단련시키셨습니다

돌아보면
당신의 손길 미치지 않은 것이 없을 만큼
모든 것이 다 은혜였습니다
오직 은혜로 여기까지 올 수 있었습니다
일상의 작은 일에서부터 몹시도 힘들고 어려웠던 일들까지
그 속내를 깊숙이 들여다보면
그 안에 나를 향한 당신의 사랑이 곳곳에
흥건히 배어있음을 깨달아 알게 되오니 감사합니다

고난이 내게 찾아오지 않았다면
나는 만유의 생사화복을 홀로 주관하시는

당신 앞에 진정 경외함으로 엎드리지 않았을 것입니다
내게 찾아온 고난은
당신께서 진정 내 삶을 이끌어가는 분이심을 절감하고
늘 마음이 당신께로 향하게 하였습니다
그리고 그 연장선상에서
내게 찾아온 그 모든 것들은 다 나를 위한
당신의 섭리에 의한 것임을 깨닫고
범사에 감사하는 법을 배웠고, 더 배워 나갈 것입니다
더불어 고난은 나로 하여금
삶의 궁극적인 목적이 무엇인지
자신을 향해 진지하게 묻게 하였습니다
당신께서 내게 고난을 허락하지 않으셨다면
진정한 기쁨과 자유, 평안이 어디에서 오는지 모른 채
동분서주하며 살아가고 있을 것입니다

당신께서
하늘본향으로 부르시는
그날까지
언제나 늘 함께 동행하여주시옵소서

몹시도 애달픈 까닭은

우주
영겁 앞에
먼지보다 작은
존재
찰나의 순간보다 짧은
생애

그 작은 삶의 꿈틀거림이
몹시도 애달픈
까닭은
육신의 눈으로는
보이지도
볼 수도 없는
영원한 복락의 실존보다
눈앞에 보이는
잠시잠깐의 허무에 사로잡혀
그것을
움켜잡으려
헐떡거리며 쫓아감이라

당신은 누구였습니까

당신은
누구였습니까

지금은
누구입니까

그리고
누구일 것입니까

울림이 있는
가슴의 소리

ⓒ 김세종, 2023

초판 1쇄 발행 2023년 12월 20일

지은이   김세종
펴낸이   이기봉
편집   좋은땅 편집팀
펴낸곳   도서출판 좋은땅
주소   서울특별시 마포구 양화로12길 26 지월드빌딩 (서교동 395-7)
전화   02)374-8616~7
팩스   02)374-8614
이메일   gworldbook@naver.com
홈페이지 www.g-world.co.kr

ISBN   979-11-388-2615-0 (03810)